难以忘怀的经典 · 俄罗斯文学卷

古丽雅的道路

ЧЕТВЁРТАЯ ВЫСОТА

Е. Я. Ильина

[苏]叶·伊琳娜 著

任溶溶 译

全国百佳图书出版单位

时代出版传媒股份有限公司

黄 山 书 社

图书在版编目（CIP）数据

古丽雅的道路 /（苏）叶·伊琳娜著 ；任溶溶译.
—合肥：黄山书社，2014.11
（难以忘怀的经典·俄罗斯文学卷）
ISBN 978-7-5461-4813-7

Ⅰ. ①古… Ⅱ. ①叶… ②任… Ⅲ. ①长篇小说－苏联 Ⅳ. ①I512.45

中国版本图书馆 CIP 数据核字（2014）第 266016 号

古丽雅的道路
GULIYA DE DAOLU

［苏］叶·伊琳娜 著 任溶溶 译

出 品 人 任耕耘
总 策 划 王亚非
执行策划 任耕耘 杨 雯
编辑统筹 马 磊 金 浩
责任编辑 秦矿玲 高 杨
责任校对 李 南
装帧设计 齐 娜
出版发行 时代出版传媒股份有限公司（http://www.press-mart.com）
黄山书社（http://www.hspress.cn）
地址邮编 安徽省合肥市蜀山区翡翠路 1118 号出版传媒广场 7 层 230071
印 刷 安徽新华印刷股份有限公司
版 次 2015 年 1 月第 1 版
印 次 2015 年 1 月第 1 次印刷
开 本 710mm×1000mm 1/16
字 数 190 千
印 张 18.25
书 号 ISBN 978-7-5461-4813-7
定 价 32.00 元

服务热线 0551-63533706
销售热线 0551-63533761
官方直营书店（http://hsssbook.taobao.com）

经典的力量　一生的滋养

王亚非

今天的精英，当年读什么？

读的是热血，读的是精神，读的是民族，读的是修养。

个人需要梦想，民族需要阅读，国家需要富强，一代又一代人需要辉煌。

缺失梦想，个人将浑浑噩噩；丧失阅读，民族将缺乏精神。

有梦想必有情怀，我们的情怀是国家繁荣、民族振兴、一代一代人的幸福与崛起。

一个民族的精神的构筑往往来自经典文学作品承载的人性光辉和价值追求。一代人有一代人的热血梦想和青春记忆，青年时代的文学情怀往往影响我们一生，滋养出辽阔的精神世界，甚至决定着人生的方向。

经典是什么？经典是书中之书，有哲理，有梦想，有力量，有情怀。哪一个人年轻时，不是"文青"；哪一个人年轻时，没有读过经典文学作品。这些文学作品奠定了我们的人生观、价值观。即便在今天，经典仍然是种精神的催化剂，是热血之源。一代一代都需要热血，因为血总是热的，热血沸腾才会有热度、有事业、有创造。我们这一代，今天的新一代，同样都生活在滚烫的时代，拼搏着滚烫的事业，都有一颗滚烫的心。

在新中国的历史上，有这么一代人，生在红旗下，经历过"上山下乡"、"文革"动荡，赶上了恢复高考，见证了30年改革开放，现在很多都成为国家栋梁和各行各业的精英，引领着国家发展和社会进步。峥嵘岁月，他们历经沧桑而壮志不改，梦想炽热。这与他们青年时代的阅读和追求密不可分。

俄罗斯文学经典曾经是中国那一代人年轻时最重要的精神食粮，从《战争与和平》到《铁流》，从《安娜·卡列尼娜》到《钢铁是怎样炼成的》，俄罗斯文学的经典作品深深吸引着一颗颗年轻而燃烧的心。其中塑造的很多人物形象，成为这些青年心目中的英雄；内蕴的情感涵养了他们的文化情怀和生活品位；承载的价值理念，内化成他们毕生坚守和追求的人生理想。他们曾经最热血的梦想是像夏伯阳那样跃马挥刀，驰骋疆场；最美的青春记忆永远是手风琴伴奏下喀秋莎的动人旋律和旋转裙裾。

这就是经典的力量，这就是有尊严的人生所需要的文学滋养。

那一代人，几乎走过一样的路。那真是一段梦想质朴、青春热血的黄金岁月，一代人的阅读、一代文学青年的丰盈精神，成就这个大时代里最蓬勃的社会推动力，源头正是那些俄罗斯经典文学作品中闪耀着的英雄主义和革命浪漫主义光辉。

2014年2月7日，国家主席习近平在俄罗斯索契接受了俄罗斯电视台的专访，对于索契这座城市，习近平第一印象就是小说《钢铁是怎样炼成的》，因为这部小说就是作者奥斯特洛夫斯基在索契休养时创作的。对于俄罗斯文学，习近平在专访中还提到了很多俄语作家的名字："我读过很多俄罗斯作家的作品，如克雷洛夫、普希金、果戈理、莱蒙托夫、屠格涅夫、陀思妥耶夫斯基、涅克拉索夫、车尔尼雪夫斯基、托尔斯泰、契诃夫、肖洛霍夫，书中许多精彩章节和情节我都记得很清楚。"

在2014年10月15日召开的"文艺座谈会"上，习近平再次提到俄罗斯文学。他喜欢莱蒙托夫的《当代英雄》，普希金的《叶普盖尼·奥涅金》，在托尔斯泰的三部曲中，他更喜欢《战争与和平》。

俄罗斯文学经典为何有这么强烈的感召力？或许因为其壮阔的时代背景，激昂向上的民族精神；抑或源于其大无畏的英雄主义，默默奉献的人性光辉。中国与俄罗斯有着很多共通之处，同为面积辽阔的大国，人民勤劳而富有奋斗精神，都有反抗法西斯侵略并取得胜利的历史，曾经有着共同的共产主义信仰，民族之间容易引起共鸣。

当代年轻人为什么要读俄罗斯文学经典?

重温经典，感受那波澜壮阔岁月里涌动的高尚的人文情怀和朴素的情感，提高自身文学修养。读什么书决定你走什么路，有什么样的价值观。人生的基础是年轻时代的文学修养决定的。没有文学情怀和积淀，就没有生活价值观，很多成功的人都有很深厚的文学修养。

汲取正能量，坚守梦想，实现自己人生的辉煌。在艰难困苦的环境下始终不放弃远大的理想、纯洁的人品、坚定的信念，这种可贵的精神在苏俄经典文学里体现得非常充分。多读读这些书，才知道青年时代的黄金时光是多么美好而短暂，一个人的生命应该如何度过才算有意义，从而不虚度年华、碌碌无为，不辜负自己的青春和这个伟大的时代。

我希望能向当代的年轻人推荐自己一生难忘的十部俄罗斯文学经典，让迷惘而焦虑的你，在喧嚣的环境里，尽情阅读那些令人难以忘怀的经典小说，从中汲取生命的维生素，找到人生正确的方向，这确实是我们这一代人最难忘的情愫和感动。

“难以忘怀的经典·俄罗斯文学卷”从书精选普希金的《上尉的女儿》、莱蒙托夫的《当代英雄》、契诃夫的《第六病室——契诃夫短篇小说选》、陀思妥耶夫斯基的《罪与罚》、屠格涅夫的《春潮——屠格涅夫爱情小说选》、富尔曼诺夫的《夏伯阳》、绥拉菲莫维奇的《铁流》、阿·托尔斯泰的《保卫察里津》、拉夫列尼约夫的《第四十一》和瓦西列夫斯卡娅的《虹》、叶·伊琳娜的《古丽雅的道路》等十册图书。内容主题多元，思想内涵丰富，翻译语言精准，非常值得大家好好读读。

总序：重温往日恋人的情书

俄罗斯最好的东西是什么？俄罗斯人自认为他们最好的东西是什么？中国人认为俄罗斯最好的东西又是什么？答案很可能是一致的：就是俄罗斯的文学和文化。

俄罗斯科学院俄罗斯文学研究所所长巴格诺院士在中国社会科学院外国文学研究所演讲时曾说：西方一直视俄罗斯为“哥萨克威胁”，直到19世纪80年代，随着俄罗斯文学的崛起，西方乃至整个世界针对俄罗斯的轻蔑、责难和声讨方才迅速转变为好奇、同情和赞赏。他甚至把这个“转折点”精确地定位在1881年，即《安娜·卡列尼娜》的面世、陀思妥耶夫斯基的去世和莫斯科普希金纪念碑的落成等事件的集中发生年。在莫斯科举办的一次翻译家大会上，巴格诺院士更是直截了当地指出：“我们的文学对于我们而言的重要性无论怎样形容都不过分，她几乎就是我们国家形象构建过程中的唯一正面因素。”

自普希金始，19世纪的俄罗斯终于跻身世界文学大国，其现实主义文学构成世界文学史中继古希腊罗马文学和莎士比亚之后的第三座高峰，推出了普希金、莱蒙托夫、陀思妥耶夫斯基、托尔斯泰和契诃夫等世界级的文学大师。到20世纪，俄罗斯文学的白银时代开现代派文学之先河，俄罗斯侨民文学的三次浪潮将俄罗斯文学推向世界各地，造就出纳博科夫、布罗茨基等跨语种文学大师，而苏联时期的俄罗斯文学也墙里墙外同时开花，高尔基和肖洛霍夫，帕斯捷尔纳克和索尔仁尼琴，不同身份的作家以不同的方式影响着不同地区的不同文学。在近两个世纪的时间里，文学始终是俄罗斯最拿得出手的国家名片。从此俄罗斯文化中也出现了所谓的“文学中心主义”现象，即文学不仅在各文化艺术门类中独占鳌头，而且在国家生活的方方面面均发挥着举足轻重的作用。俄罗斯文学始终是一种思想性、意识形态性十分浓厚的文学。在俄罗斯，对一部文学作品的最好赞誉是“俄罗斯生活的百科全书”（别林斯基），关于“美”的最著名定义之一是“美即生活”（车尔尼雪夫斯基），文学则被奉为“生活教科书”（车尔尼雪夫斯基），作家被誉为“人类灵魂的工程师”（斯大林），文学艺术的根本目的在于创造“第二自然”（高尔基），在于“创造生活”（别雷）。换言之，在俄罗斯人的心目中，文学从来就不是无关紧要的高雅文字游戏，而是介入生活、改变生活乃至创造生活的最佳手段，是所谓的“审美的乌托邦”，因之也就成了俄罗斯民族意识和思想构成中一种特殊的集体无意识。俄罗斯作家在社会和历史中享有的崇高的，甚至至高无上的地位，是其他民族的作家难以望其项背的。关于每位大作家的研究都可以成为一门学问，如“普希金学”、“陀思妥耶夫斯基学”等；俄罗斯文学界的“寻神”和“造神”运动从未停止，从“普希金崇拜”、“托尔斯泰崇拜”一直到20世纪的“高尔基崇拜”、“索尔仁尼琴崇拜”乃至“布罗茨基崇拜”。可以说，俄罗斯作家始终在扮演社会代言人和民族思想家的角色，始终被视为真理的化身和良心的声音。

在中国，文学读者中恐怕很少有人没有读过俄国文学作品，初通文墨的普通百姓对普希金、托尔斯泰等俄国作家的名字也不陌生，说俄国文学在中国家喻户晓或许并非言过其实。鲁迅所言的“中俄文字之交”源远流长，第一篇汉译俄国作品《俄人寓言》于1872年在上海见报，被收入本套丛书的《上尉的女儿》（又译《大尉的女儿》）则是第一部被译成汉语的俄国小说，其在中国出版的时间为1903年。历时百余年的中国俄罗斯文学接受史，对于中国的西学东渐、新文化运动乃至整个中国现代文学的发展均产生了重要影响。俄罗斯文学与法国启蒙思想、德国马克思主义一同被视为五四运动的三大思想来源，中国共产党的第一代领导人如李大钊、瞿秋白等人，都是俄罗斯文学的宣传者，中国新文学的奠基人鲁迅、茅盾、巴金等也都是俄罗斯文学的翻译者和推广人。鲁迅称俄罗斯文学是“偷运给奴隶的军火”，是“我们的导师和朋友”。俄罗斯文学对于中国新文学和新文化的形成起到了举足轻重的作用。20世纪50年代的中苏“蜜月时期”，更让整整一代中国人形成了所谓的“俄苏情结”。无数中国人迷恋俄罗斯的文学和艺术，他们能背诵普希金的诗歌，喜欢看根据托尔斯泰的小说改编的影视作品，向往陀思妥耶夫斯基笔下的彼得堡，怀念《钢铁是怎样炼成的》中的冬妮娅……当时，大量中国读者与苏联读者同步地阅读着每一部苏联文学新作，很多人甚至能用俄语阅读原著。在“大革文化命”的“文化大革命”过后，俄苏文学在中国的译介在经历近二十年的停滞之后又迎来一个“井喷”时期，成千上万种俄苏文学作品在相当短的时间里或新译或再版，一大批中国作家的创作中也烙上了俄罗斯文学风格的鲜明印记。

苏联解体之后，俄罗斯文学在中国的影响似有所下降，这既与苏联解体后俄罗斯文学的处境和嬗变相关，也与我们自身阅读趣味和审美取向的转变相关。比如，当代俄罗斯文学某种程度上的意识形态解构趋势，俄罗斯后现代文学浓厚的文体实验色彩，再者，在俄罗斯文学中的普希金—托尔斯泰—高尔基和莱蒙托夫—果戈理—陀思妥耶夫斯基这两大传统中，当今的俄罗斯作家似乎更热衷于发扬光大后一种传统，所有这一切都还有待赢得中国读者的理解和呼应。但是，中国对当代俄罗斯文学的译介工作从未停止，一直在按部就班地进行。十余年来，俄罗斯当代作家的作品每年大约都有中译本二十余种，无论是俄罗斯当今文坛的老作家如拉斯普京、马卡宁等，还是文坛新人如普里列平、叶里扎罗夫等，甚至俄罗斯“处女作奖”的获奖者们；无论是传统的现实主义小说，还是新潮的后现代文学如佩列文、索罗金等人的作品；无论是“国家奖”、“布克奖”、“大书奖”等俄罗斯当今重要文学奖项的获奖作品，还是散见于俄罗斯各文学杂志或文学合集中的“小众”作品，都纷纷赢得了与中国文学读者见面、交流和对话的机会。可以说，当代俄罗斯文学在中国得到了较为全面的译介，关注和喜爱俄罗斯文学的中国读者，追踪并研究俄罗斯文学的中国学者，心中是有一幅清晰的当代俄罗斯文学全景图的。

然而，我们常常听到读者说，当代俄罗斯文学读来远不如之前的俄苏文学那么亲切。任何文学阅读都离不开特定的语境，阅读语境又受制于时代和社会氛围、文学潮流和美学时尚以及阅读者的年龄和经历等多种因素。心怀旧情面对新对象，或将新潮的心态诉诸老去的人与事，往往难免隔阂。但以怀旧的心境打开尘封的往事，则不失为一种聪明而又合理的举动。黄山书社此次推出这套“难以忘怀的经典·俄罗斯文学卷”丛书，在我看来就是这样一个举动。在藏典的书柜里挑出几册旧书，新瓶老酒，仿佛能让人闻见岁月酿造出的醇香。如若说，面对新译的俄罗斯当代作品，我们就像在手机屏幕上浏览新识朋友的微信，那么，翻阅这里的十本新印旧书，我们则像在夜半台灯下捧读往日恋人的情书。

中国俄罗斯文学研究会会长刘文飞
2014 年 8 月 18 日于京西近山居

给我的读者

这短短一生的故事，并不是空想出来的。书里写的那位姑娘，在她还是个小妞儿的时候，我就认识她了；以后在她做学生，做少年先锋队队员，做共产主义青年团员的时候，我也知道她。在卫国战争那些日子里，我曾经跟她碰到过。至于这位古丽雅·柯罗廖娃一生当中我不能亲自看到的，她的爸爸妈妈、老师、朋友、辅导员和战友都给我补充了。

我很幸运，还念到了她的信：从最初几封信——那是写在练习本的画线纸上的，一直到最后几封信——那是在战斗的空隙中，匆匆忙忙写在记事本的纸上的。

所有这些，帮助我好像亲眼看到了古丽雅整个光明和紧张的一生，我不但想象得出她所说的和所做的，也想象得出她所想的和所感觉的。

读者通过这本书，如果能够接近——就算一点儿吧——古丽雅·柯罗廖娃，就跟在她活着时熟悉她和爱她的人一样，那我就很快活了。

叶·伊琳娜

我怎样写《古丽雅的道路》

亲爱的读者们！我觉得很荣幸：我这本《古丽雅的道路》里的人物古丽雅，能够跟苏联作品中许多别的人物一起，活在你们的心里。我觉得很荣幸：她在那么远，同时对于我们又是那么近的中国，找到了真正的朋友。

我现在回答你们一个问题：我写这本书的动机是怎样产生的，我这本书是怎样写成的。

自然，你们看书已经知道，古丽雅这人物不是空想出来的。古丽雅还是个小姑娘的时候，我就认识她了。当时已经可以在她身上看出那种光明伟大的性格的萌芽。她又勇敢，又倔强。古丽雅无论动手做什么事情，总是做到底。每个人看着她都会这样想，一切东西她都会轻轻易易亲手得到的，她身上有多么活泼快乐的性格啊！事实上，古丽雅如果没有能力管束自己、严格地锻炼自己，她一生当中，就一个高度也达不到，连开头的第一个高度也不会达到。在这个小姑娘的身上，爱自立的性格和学习别人、向比她好的人吸收一切优点的能力，惊人地结合起来了。

我仔细地看着古丽雅长大，不管我在什么地方——在她居住的城里也好，在离她老远的莫斯科也好——我都经常关心她。虽然我当时已经写书给孩子们看，可是我没想到，古丽雅会成为我未来作品中的人物。

古丽雅上前线以前不久，我碰巧又遇到她。

这是伟大的卫国战争的第一年。我觉得很惊奇，五年没见，古丽雅虽然还很年轻，却已经长得那么大了。站在我眼前的已经不是一个小姑娘，而是一个大人。

我和古丽雅一起在伤兵医院工作，我天天注意她。自然，这里做的不是普通工作。不管是医生，还是护士，我们都尽力减轻伤员们的痛苦，念书给他们听，照着他们的话写信，给他们开音乐会。古丽雅很快就学会像真正的护士那样看护伤员了。

我们初到医院的那个初冬严寒的傍晚，我直到现在还记得。当时古丽雅冻得满脸通红，可是精神仍然非常饱满。她倔强地请求院长把较难的工作分配给她。我俩出来的时候，我问她："你怎么能做这么多工作呢？这很难呐，因为你有孩子。"

她摇摇头，快活地说："没关系，能够坚持下去的！"

在那些艰苦的战争日子里，她的表现也最可爱。

古丽雅看护伤员，是多么关心和温柔啊！她忍受战时的个人损失和不幸，又是多么倔强和勇敢啊！关于这些，你们从我的书里都已经知道了。

医院里的工作越来越吸引古丽雅。她一天比一天严肃、沉着，好像在那里积蓄力量，要去做什么更重大的事情似的。

一九四二年五月一日，她志愿上前线去，把只有九个月的儿子交给妈妈照管。

根据古丽雅在前线那些战斗空隙中匆匆忙忙写的信看来，她身上一切好的品质——她的爱国精神、勇敢、倔强，在前线都充分表现出来了。

可是过了几个月，消息传来，说古丽雅英勇牺牲了。在收音机里，这个消息是报道得很简短的。当天我向自己保证，要把她短促而美好的一生写下来。

不过写书可没那么快。所以，我一开头不是写书，而是写一篇不太长的文章。就在当时我已经觉得，古丽雅一生好像在一条又难走又高的道路上不断前进。所以，我把那篇文章叫作《高陡的道路》。

在这期间，关于古丽雅一生的材料我越积越多了，她的形象对我也越来越近，越来越鲜明了，于是，我动手写书。

在关于古丽雅的那篇文章当中，我用来作基础的高陡道路的观念，对我的写作很有帮助。我觉得古丽雅的一生应该写成一级级的阶梯，年轻的女主人公就沿着这阶梯越走越高。四个高度是古丽雅一生当中的几个主要时期，是她一生道路上的几个基本路标。整本书总起来，就用第四个，也是古丽雅一生中最后和最主要的一个高度，就用她为祖国立下的英雄功勋作名字。①

我写这本书的时候，心里想着年轻的读者们，这本书主要就是给他们看的。我要尽力用古丽雅的例子说明，坚强的性格和意志力是逐渐炼成的、养成的，不是生下来就现成的。

我尽力不给古丽雅一点修饰。相反地，我尽力说明古丽雅有不少优点，可是也有缺点。我想让我写的人物在读者们看来，并不是学不到的，而是很接近的，很容易了解的。在写古丽雅怎样克服自己的缺点，怎样跟各种困难斗争的时候，我想让年轻的读者们明白，只要他们当真有志愿，他们也可以战胜自己道路上的任何困难。

我希望我这本书能够帮助正在成长中的人（就算能帮助一点儿也好），我希望它成为他们的助手和朋友。现在，当我的读者告诉我，说古丽雅在他们的学习、工作和生活中帮助了他们的时候，我的快乐是言语所不能形容的。

我真正兴奋地读了齐齐哈尔两位女学生——鲁桂扬和苏玲英（译

---

① 在俄文里，“高度”和“高地”是同一个词，古丽雅和她的战友们拿下并守住了五六·八高地，立下了英雄功勋。古丽雅也为此献出了自己的生命，达到她生活道路的最后一个高度——第四高度。这话就是这个意思。

音）——的信。她们在信上说：“我们爱活泼愉快的古丽雅。我们决定学习她的勇敢和坚强的意志力。”

我还听说，你们对我这本书中别的人物，跟古丽雅的一生紧紧关联着的人物，也感兴趣。你们想要知道这些形象是怎样创造的。

我必须说，我写这本书的时候首先关心的，是要使它里面的一切都是活生生的、真实的，使书中的人物形象能够表现出我们人民的典型特征来。

古丽雅的父母（还有她的儿子）我都认识。至于其他的人物，有些我是直接从古丽雅本人和她的父母那儿知道的，有些我是从她的书信中知道的，可是有许多地方自然是像一向写书那样，只好用想象来补充。在不是纯粹记录性的作品里，一点儿文学想象是完全必要的，要知道《古丽雅的道路》是一本小说，而不是狭义的传记。只要这种文学想象用生活的印象和观察作基础，那么它不但不是脱离生活，正相反，它帮助我们更好地看见生活，揭示生活。

你们关心的问题，我就告诉你们这些。

亲爱的朋友们，谨向你们致以热烈的敬意和最好的祝贺。

叶·伊琳娜

译　序

本书原名《第四高度》，《古丽雅的道路》这名字，是我给起的。

作者叶·伊琳娜（1901 年—1964 年）是苏联女作家。她的两个哥哥也是作家，并且是我国读者熟悉的。一位是马尔夏克，老诗人，著名的儿童文学作家；另一位是伊琳，为儿童写了大量科学读物。伊琳娜在大学学的是文学，但毕业前一年，1925 年，就已经开始发表作品。和两个哥哥一样，她也是一位有名的儿童文学作家。

《古丽雅的道路》出版于第二次世界大战刚刚结束不久的 1946 年。中译本于 1953 年由时代出版社出版，立即受到我国广大青少年欢迎，成为一本畅销书。作者还应《北京日报》之请，为我国热心的读者写了一篇自述她怎样写出这本书的文章，由我译出，就是现在附在这译本里的《我怎样写〈古丽雅的道路〉》。

《古丽雅的道路》讲述了苏联女英雄古丽雅的一生，从小时候写起，写了她在小姑娘时期、少女时期、成年时期一步步成长的过程。这本书的原名为什么叫《第四高度》呢？作者在她的文章中说得很清楚："我觉得古丽雅的一生应该写成一级级的阶梯，年轻的女主人公就沿着这阶梯越走越高。四个高度是古丽雅一生当中的几个主要时期，是她一生道路上的几个基本路标。整本书总起来，就用第四个，也是古丽雅一生中最后和最主要的一个高度，就用她为祖国立下的英雄功勋作名字。"在俄文里，"高度"和"高地"是同一个词，古丽雅正是在从德军手中夺下关系战争大局的五六·八高地这一战斗中立下英雄功勋并献出年轻生命的，因此她一生的最后一个高度和这一英雄功勋联系起来了。

这本书让人读起来很有味道，因为它写的是古丽雅从小到大生活道路上的一个个小故事，而这些事情是我们自己也会遇到的，这使我们感到亲切、熟悉，也更使我们对古丽雅感到亲近，她的英雄品质是可以学到的。青少年特别喜欢这本书，这也许是原因之一吧。我自己觉得高兴的是，我给中译本起的《古丽雅的道路》这个名字，正好符合作者的意思，因为她在写这本小说之前，先写了一篇纪念古丽雅的文章，用的题目就是《高陡的道路》。

目　录

小火

“你不要走，”古丽雅说，“我怕黑。”

妈妈在床栏杆边弯下腰来。

“小古丽雅，黑一点儿不可怕。黑黑的，你可以做好梦呐！”

她把女儿盖暖点儿。可是古丽雅又抬起头来瞧着窗子。街灯透过蓝色的窗帘，窗子上有点儿亮。

“那小火点着吗？”

“点着呐。你睡吧。”

“让我看看它。”

妈妈把古丽雅抱到窗口。

对面克里姆林宫墙头上，飘着一面旗子。它被下面的灯火照亮了，像火一样闪着。小古丽雅就管这面旗子叫“小火”。

“看见吗，小火点着呐，”妈妈说，“它将永远点着，小古丽雅。它永远不会灭的。”

古丽雅把头靠在妈妈的肩膀上，一声不响，瞧着在黑黑的天空里闪着的火。

妈妈把古丽雅抱回小床上去。

“现在睡吧。”

她把小姑娘一个人留在黑屋子里，自己走出去了。

三岁的小演员

古丽雅不满一岁，就给取了“古丽雅”这名字。她躺在小床上，看见人就笑，屋子里整天只听见她叫“古——古……”

因为这个喉头发出来的鸽子叫似的“咕咕”声，就产生了这个名字：古丽雅。现在已经没人记得，古丽雅的真名字叫“马里奥涅拉”了。

古丽雅最早会说的话当中，有一个是“我自己”。第一回把她放在地上，她就挣脱了妈妈的手，嚷着说：“我自己！”她晃了晃，就走起来了。

她走了一步，两步，就“吧嗒”一下趴倒在地上。妈妈把她抱起来。可是古丽雅出溜到地上去，固执地歪歪肩膀，又走起来了。她被妈妈搀着越走越远，从这屋子走到那屋子，妈妈好不容易才跟上她。

古丽雅长大了。她的小脚在屋子里，在走廊上，在厨房里踏得更稳了；屋子里更闹，茶杯和盆子打破的也更多了。

保姆陪古丽雅散步回家，对古丽雅的妈妈说：“唉，索雅·米海洛夫娜，我领过很多孩子，这种孩子可没见过。她是一团火，不是小妞儿。怎么也管不住她。她一坐上雪橇，你就别想把她拉下来。从土冈子上滑下来十趟还不够。她只管嚷：‘还要来，还要来！’雪橇可不是咱们的呀。她淌了多少眼泪，吵了闹了多少回！领这种孩子真要命！”

古丽雅被送到幼儿园去了。

在幼儿园里，古丽雅静了下来。在家里她一分钟也坐不稳，可是在这儿呢，她整整几个钟头一声不响，静静地坐着，用黏土捏东西，这玩意儿她想出了一个简称——叫“捏捏”。

她也爱用积木在地板上堆各式各样的房子和尖塔。哪一个孩子敢弄倒她堆的东西，那他可就倒霉啦。古丽雅气得满脸通红，跳起来，请她的同伴吃拳头，叫他嚷得全幼儿园都听见。

可是孩子们仍旧爱着古丽雅，她一不上幼儿园去，大家就觉得没劲了。男孩子们说：“她虽然爱打架，但跟她玩儿可有意思啦。她会动脑筋。”

那时候，古丽雅的妈妈在电影厂里工作。到她家来的那些导演，瞧着古丽雅总是说：“把小古丽雅给我们拍到电影里去就好了！”

他们喜欢古丽雅那副淘气快活的样子，那双灰色眼睛的调皮眼光，那种少有的活泼劲儿。

有一天，妈妈对古丽雅说：“你今天不要上幼儿园了。我和你看小鱼和鸟儿去。”

这一天跟平日全不相同。一辆汽车开到她家门口。古丽雅跟妈妈坐上汽车。她们来到一个广场，里面挤满了人，汽车开不过去，人也走不过去。到处听到公鸡乱糟糟的叫声和母鸡很急的“咯咯”声。什么地方鹅在大模大样地“嘎嘎”叫着，还有火鸡想盖过大家的声音，很急地嚷个不休。

妈妈搀着古丽雅的手，从人缝里挤过去。

地上和摊子上放着一笼笼鸟儿和一槽槽活鱼。无精打采的大鱼在水里慢慢地游，小金鱼又轻又快地忽上忽下，飘着花边一样的透明尾巴。

“咦，妈妈，这是什么？”古丽雅嚷起来，“水里的小鸟儿吗？”

可是这时候，有一个穿皮上衣、宽肩膀的陌生人走到古丽雅面前，对她的妈妈点点头，把古丽雅抱起来。

“我来给你看点东西。”他说着就要把她抱走。

古丽雅回头看看妈妈。她心里想，妈妈会把她从这“皮叔叔”手里抢回来的，可妈妈只是向她摆了摆手：“没关系，小古丽雅，不要怕。”

古丽雅根本没想到过怕。她就是不爱让陌生人抱着。

“我自己走，”古丽雅说，“放下我吧。”

“马上就放，马上就放。”那人回答着，把她抱到一个玻璃箱旁边，放在地上。

玻璃箱里装着浓密的青草，青草里有些又粗又长的绳子动来动去。这些是蛇。古丽雅想了不大一会儿，抓住其中一条就拉。

“你真是个大胆的小姑娘！”古丽雅听见头上“皮叔叔”说话的声音。

三岁的古丽雅没想到，这个叔叔是一位电影摄影师，她刚才给人家拍到一部新片子里去了。

在当年，喇叭市场每逢星期日买卖十分热闹。爱玩鸟儿、鱼、小野兽的人，在这儿总可以挑到合意的玩意儿，挑到会唱的金丝鸟、金翅雀、画眉、良种的小猎狗、乌龟，甚至外国的鹦鹉。

摄影师们让妈妈把古丽雅带到喇叭市场来，因为这天他们要拍

《卡施坦卡》里的一场戏。这部片子是根据契诃夫的一篇小说改编的。在这场戏里，小狗卡施坦卡来到喇叭市场，在一堆大人和小孩中间，把自己的主人给弄不见了。

过了几天，电影厂给古丽雅送来了她的第一次工钱——两个卢布。

一个卢布当天就花了。家里碰巧没钱，古丽雅的这个卢布正好用来给自己买药。

另外一个卢布——大大的一张黄色新卢布——一直到现在还保存在古丽雅妈妈身边，它和古丽雅小时候一绺淡黄色的柔软鬈发一块儿藏在一个小匣子里。

古丽雅和象

妈妈带古丽雅上动物园去。

她和妈妈一块儿顺着沙子小路走，经过长长的一排笼子，里面关着一些粗角的山羊、绵羊、有大胡子的公牛等。她们在一道高高的铁栅栏旁边停下来。古丽雅看见栅栏里面有一只大东西，牙齿大极了，长鼻子拖到地面上。

“嗬，好家伙！”古丽雅靠在妈妈身边，嚷起来，“妈妈，它为什么这样大呀？”

“它生来就这样的。”

“我要怕它吗？”

“不要，你用不着怕它。”

“它是什么东西？”

“象。它很老实，用不着怕它。它在家里还领孩子呐。”

古丽雅说：“带它回家领我吧！”

“这儿不会放它的，”妈妈笑着回答，“再说我们家里也搁不下它。”

过了整整一年，古丽雅还一直记着这只老实的大象。

后来有一回，妈妈又带她到动物园，她一进门，首先就是拉妈妈去看象。她抱着一个有红有蓝的大皮球，走到铁栅栏旁边。

“你早哇，象！”古丽雅有礼貌地向它问好，“我记得您。您记得我吗？”

象一句话也不回答，可是低下它那聪明的大脑袋。

古丽雅说："它记得我。"

妈妈从手提包里拿出一个银角子。

"古丽雅，你瞧着，"她说，"我把角子扔给它。"

象用鼻子在地上摸索，像用指头一样把角子夹起来，塞到看守人的口袋里去。接着它抓住看守人的衣领，把他拖着走。看守人站不住脚，像个孩子一样跳着跑。古丽雅高声大笑。其他挤在铁栅栏旁边的孩子也哈哈笑起来。

古丽雅问："妈妈，象把他拖到哪儿去呢？"

"它向看守人要好吃的东西。'去吧，'它说，'去拿来。我白给你角子还是怎么的？'"

看守人乖乖地到隔壁象的伙食间去，象不急不忙地迈着步子，脚步轻轻的，听不见声音，好像穿着毡靴一样。

"妈妈，象爱吃小面包吗？可以扔给它吗？"

古丽雅把面包扔给象。象举起鼻子，下颚垂下来，小面包一直落到它的嘴里。

正在这时候，古丽雅看见手里的皮球滚下来，从铁栏杆底下一直滚到象的身边去了。

"大皮球！"古丽雅嚷起来。"象啊，请您把皮球还我吧！"

象拍拍耳朵，用鼻子抓紧皮球，就像握在拳头里一样，它斜着一只聪明的小眼睛瞧瞧古丽雅。

"瞧，"古丽雅的妈妈说，"我就知道会有这么回事。我对你说过了——把皮球留在家里！”

可是这时候，象放开了皮球，皮球在地上滚，碰上栏杆，又滚回它脚边去了。妈妈说：“等一等，古丽雅，看守人马上就回来，他会把你的皮球给拿出来的。”

可是古丽雅已经不在她身边。妈妈赶快向四面张望。“她人呢？”

周围的人嚷起来：“小妞儿，小妞儿在象圈里！”

妈妈往栏杆里一看。她的古丽雅在栏杆那边，就站在象的脚跟前，和身边那大家伙一比，她好像更小了。

象动了动身子。所有的人都“哎呀”一声。象那又大又重的脚，眼看就要踩在这个花花绿绿的小肉球上面，把她给踩扁了。

“看守人，看守人！”大家嚷起来。可是象小心地换着脚，退后了。

古丽雅用手推开象鼻子，镇静地捡起地上的皮球。

“你们嚷什么？”她一面从铁栏杆中间挤出来，一面对大家说。“妈妈说过，象还领孩子呢！”

古丽雅一声不响地回家。妈妈不跟她说话。显然，她给古丽雅闹得心还没法定下来。

古丽雅说：“好妈妈，请你饶了我吧。是你自己说过，叫我一点儿也用不着怕的。为什么你又替我担心呢？”

公园深处传来了古怪的声音，很像轮船的汽笛声。

古丽雅的妈妈对她说：“这是你的象在叫呐。它叫人给弄恼了是多么凶啊！是谁把它弄恼了？是你！下一回没问过人，可请你不要爬到象那儿去了！”

巴尔马雷来了！

一座有很多窗户的房子，它那又宽又大的门口来了一辆汽车。是五岁的古丽雅给送到电影厂的摄影场来了。

头一天晚上，一位在电影厂里当导演的老朋友来看古丽雅的妈妈。那时候厂里正在拍一部片子，叫作《梁赞①农妇》。

这人说："看在老天爷的分上，您要救救我们，让您的古丽雅来给我们拍《梁赞农妇》吧。"

接着他说，有一个小姑娘预定拍这部片子，可是她因为太怕强烈的灯光，太怕"噼啪"响的机器，怎样也不肯拍。

导演说："您的古丽雅胆子大，她不会使我们为难的。"

"胆子大是大，"妈妈回答他说，"我就怕她拍电影还嫌早了点儿。"

"没关系，就这么一回。"导演安慰她。

这时候，古丽雅走进一间奇怪的屋子，里面全是镜子、高高的灯和各种莫名其妙的东西。导演把古丽雅放在自己的膝盖上。

"你应该吓唬这位婶婶，"他说着朝一个穿花衣服、裹头巾、大眼睛的漂亮女人指了指，"一个生气的叔叔到她这儿来。你第一个看见他，就向这婶婶跑去，嚷着说：'叔叔来了！'明白吗？"

"明白了。"古丽雅说。

---

① 梁赞是一个地名。

于是开始拍戏。他们给古丽雅穿上一件没袖子的花长衫，头上裹上一块三角头巾。

围着古丽雅的演员们笑着说："她不是活像梁赞的乡下小姑娘吗？"

灯一下子都着了，亮得很。古丽雅把眼睛眯起来。又亮又热的光照进了她的眼睛。古丽雅不由得嚷了一声："妈妈！"

耀眼的灯光从四面八方照过来，晃她的眼睛。

从灯光后面的什么地方传来导演那熟悉的声音："小古丽雅，不要怕，这是灯啊。嗳，你该怎样吓唬娜斯嘉婶婶呢？谁到她这儿来啦？"

古丽雅想了想，就瞪起吓人的眼睛，嚷起来说："娜斯嘉，娜斯嘉，逃哇！巴尔马雷①来了！"

在这一场戏里，古丽雅要做的就是这些。她现在可以上妈妈那儿去了，她妈妈正在另外一间屋子里等着她。可是她想知道，可怜的娜斯嘉接下去怎么样了。

古丽雅钻到桌子底下，睁大了眼睛瞧着，用拳头吓唬巴尔马雷，嘀嘀咕咕地说："滚出去，坏蛋！滚出去呀！"

戏接下去演到"死了的"娜斯嘉给抱进小屋子，古丽雅瞧着她，用小拳头扪着脸，轻轻地哭起来了。

片子拍好几个月以后，导演们送给古丽雅一张相片，那上面照着她的相，扮的是最小的梁赞姑娘。相片上写着：

"送给最有天才的女演员。感激你的导演们赠。"

---

① 巴尔马雷是童话中的一个可怕人物，古丽雅以为用他可以吓唬娜斯嘉婶婶。

浅蓝色的桶

“妈妈，妈妈，你看，蓝色的桶！”古丽雅快活地嚷着，把妈妈拉到陈列玩具的橱窗前面。

橱窗的玻璃里，有各式各样的好东西——洋娃娃、大狗熊、穿条纹裤子的小兔子、卡车、火车头，可是古丽雅只看着装沙用的那些桶。它们涂上了浅蓝色的磁漆，每一个上面画着一把花。

古丽雅早就想要一个这样的桶。她多么希望把它拿在手里，把沙满满地装到桶里，提着它在花园的小路上走哇！她求妈妈给她买这样的桶，已经求了好多回，妈妈也答应了，就不知道她马上买呢还是慢慢再买。她不是说“我有钱就买”，就是说“你乖我就买”。到底什么时候买呢？

古丽雅的愿望今天忽然意外地实现了。她得到了一个桶，外加一把铲子，这铲子也漆成浅蓝色。

古丽雅在妈妈身边走，快活地晃着桶。

妈妈对她说：“古丽雅，好好地走，你要把人家全给撞着了。”

可是古丽雅好像什么也没听见。她手里的桶晃来晃去，常常撞到了过路人。

妈妈生气了：“你要是不马上停手，我就把你的桶拿过来，送给别的小姑娘去！”

“给好的小姑娘吗？”古丽雅问。

“当然给比你好的。”妈妈回答。

古丽雅不相信地瞧瞧妈妈，把手里的桶这么一晃，一个坐在凳子上擦皮鞋的人，头就给它撞了一下。

妈妈大吃一惊。“同志，对不起！”她一面嚷，一面把古丽雅手里的桶抢过去，“你撞了叔叔啦，坏丫头！”

古丽雅说：“我不是有心的。”

“没关系，小公民！”擦皮鞋的那个黑眼睛叔叔快活地微笑着说，“耽误不了办喜事的！”

古丽雅问他：“您什么时候办喜事呢？”

可是妈妈已经不听擦皮鞋那人的话，也不听古丽雅的话。她拿定了主意，快步走到站在十字路口的警察面前。

“警察同志，”她说，“您有孩子没有？”

警察回答说：“有的。”

“那么您把这个给他们吧。”

她把桶交给警察。警察惊奇得说不出话来。

妈妈拉了女儿就走，警察站在街中心，一只手拿着浅蓝色的小桶，一只手拿着指挥棍。

古丽雅低着头，一声不响地走路。她在花园里一张凳子上坐下来。孩子们在一堆新的黄沙旁边玩。小路上放着四个不同的桶。一个女孩子用铲子把沙舀到桶里去，别的孩子马上又把沙倒出来。他们快活极了。可是古丽雅连瞧也不瞧他们。

妈妈一声不响地瞧着她。她等着这小姑娘会忍不住哭起来。可是古丽雅没哭。

回到家里，她对坐在沙发上看报的爸爸平静地说："你知道吗，爸爸？我们送给警察一个桶。"

"什么桶？"爸爸很奇怪，"送给什么警察？"

古丽雅冷笑了一声："玩的桶——送给真的警察。"

她走出屋子以后，妈妈说明是怎么回事儿。

"我为了罚她，把她的小玩具拿走了，那时候我自己也差点儿哭出来。你知道她多么想有一个桶啊！可是她没有一点儿伤心难受的样子。"

过了几天，古丽雅坐在爸爸的膝盖上，又告诉爸爸说："你知道吗，我们把洋娃娃娜塔莎给扔到窗子外面去了。"

"'我们'——谁呀？"

"我和妈妈呀。我们扔得好：洋娃娃不乖。小丑可好多了。"

五颜六色的扁鼻子小丑，是爸爸有一回从工作的戏院里带回来的。

古丽雅已经要爬下来了。可是爸爸留住她："不行，你告诉我，洋娃娃扔到窗子外面去，这到底是怎么回事儿？"

古丽雅瞧瞧旁边。"是这么回事儿，"她说，"我和洋娃娃坐在窗台上，妈妈不许我们坐。妈妈说：'小窗台上不可以坐——要摔下去的！'可是我们不下来……"

"那怎么样呢？"

"怎么样？妈妈抱我下来，把洋娃娃给扔出去了。"

"你一点儿也不可惜吗？"

"有点儿可惜。"她说着皱起眉头，跑回自己屋子里去了。

逃到西班牙去

又过了两年。

十月革命纪念节快到了。房子刚修过，还有一股新鲜的油漆味儿。屋子里静悄悄的。

可是前厅里门铃忽然响起来。一声，两声，三声……

“听见了，听见了！这不是小妞儿，简直是冤家！”娜斯塔霞·彼得罗夫娜是个又严厉又凶的女人，她唠唠叨叨地走去开门。

古丽雅捧着买回来的东西，跑进前厅。

她说：“您瞧，妈妈买了多好的画片给我过节呀！装甲舰‘波将金号’、巡洋舰‘阿芙乐尔号’！”①

她的眼睛闪着幸福的光。

可是娜斯塔霞·彼得罗夫娜对古丽雅买回来的东西连看也不看，就到厨房里去了。

古丽雅跑进自己的屋子，随手把门关紧。

她在里面马上动手布置。墙上的油漆还没干，纸很容易就粘上去了。

家里难得有那么静，简直就没有过。娜斯塔霞·彼得罗夫娜有点

---

① 装甲舰“波将金号”在1905年俄国革命中起义，巡洋舰“阿芙乐尔号”在1917年十月革命开始时起义。

儿不放心了——这小丫头不要出了什么事情吧？

她一开门，就把两手一拍。刚漆好的墙贴上了画片。古丽雅身上的衣裳、袜子，连脸蛋和鼻子都叫浅蓝色的漆给弄脏了。

“不像话！”娜斯塔霞·彼得罗夫娜嚷起来了，“你把墙全给弄坏了！”

“您怎么能这样说？”古丽雅生气了，“这是装甲舰‘波将金号’！这是巡洋舰‘阿芙乐尔号’！您怎么不懂！”

可是娜斯塔霞·彼得罗夫娜不听古丽雅那一套，就把墙上的画片给扯下来了。古丽雅拉住她的衣裳，又哭，又吵，又顿脚，可是没用。一切很快就完了。娜斯塔霞·彼得罗夫娜一面骂着一面上菜市去，而古丽雅哭倒在床上了。

眼泪在她沾着漆的脸蛋上流，流出了一道道五颜六色的纹路。

古丽雅想：“怎么办呢？妈妈整天在外面工作，跟娜斯塔霞·彼得罗夫娜一块儿简直待不下去！她到乡下去就好了。可是不会的，她不会去的，她现在存心不走。我有办法了。”古丽雅拿定了主意：“她不走我走，我自己离家逃走。我要气气她。”

可是到哪儿去呢？到别墅去吗？那边很冷。窗子都用木板给钉上了。风在顶楼上“呼呼”地吹。不行，要去就到温暖的地方去。比方说到西班牙去。有这样一个国家（在电影里看见过）。那还用说，到西班牙去！不过应该问问街上的人，它在什么地方。

古丽雅站起来，用毛巾擦干脸上的眼泪，就准备动身。她第一件事是从书架上拿下自己心爱的书——《笼子里的娃娃们》和《阿拉丁的神灯》[①]。接着她想了想，又从妈妈的桌子抽屉里拿了几个银角子和铜元。后来她打开衣柜，从折叠整齐的一堆床单、被单中间抽出一条被单。

古丽雅拿定了主意："这被单用来做我的帐篷。我准得在田野上或者林子里过夜。"

她把被单塞进小皮箱。上面放上那两本书和她的老朋友小丑。桌子里找到的零钱，她都放到围裙的口袋里去了。

古丽雅想了一下："大衣也要带。雨伞也要带。万一到了西班牙下雨呢。"

她从柜子里拿出自己滚花边的玫瑰色小雨伞。

古丽雅拿准生活上用得着的东西都带了，于是穿好衣服，拿起小皮箱和小雨伞，就动身出远门去了。在院子里，她跟所有认识的孩子告别。

等到娜斯塔霞·彼得罗夫娜回家，隔壁邻居的孩子们像没事儿那样告诉她说："您家的古丽雅上西班牙去了。"

娜斯塔霞·彼得罗夫娜连忙去找古丽雅，过了两个钟头才在车站上找到了她——这小姑娘正坐在凳子上等着近郊火车开出。娜斯塔霞·彼得罗夫娜好不容易才把这个逃走的人拉回家。古丽雅很固执，"哇哇"地哭。

---

① 《笼子里的娃娃们》是苏联儿童文学作家萨·马尔夏克写的一本儿童诗。《阿拉丁的神灯》是《一千零一夜》里的一个故事。

隔壁人家打电话给正在办公的妈妈。妈妈一走进屋子，古丽雅就哭着向她扑过去。

“我这样再也待不下去了！”她说。

妈妈坐在沙发上，把女儿拉到身边。

“好，出了什么事情，你来说说看吧。又跟娜斯塔霞·彼得罗夫娜吵翻了是不是？”

古丽雅哭得透不过气来。

“她什么也不明白！”古丽雅满眶眼泪，好不容易才说出话来，“你和爸爸整天不在家，她又什么也不明白。我把你的画片贴在墙上，真好看，我想她一定高兴的，谁知道她说：‘你把墙给弄坏了。’说着就把画片全给扯下来，用小刀刮。你送我上学吧。”

“好的，小古丽雅，我们来想办法。不过下一回你没问过人，可不要逃到西班牙去了。”

妈妈把小女儿放在沙发上，给她盖上东西。古丽雅安心了，于是睡着了。

妈妈在她身边又坐了很久，摸着她的头。在她松软的淡黄色鬈发中间，靠后脑瓜的地方，有一簇褐色的鬈发微微发黑了。

妈妈心里想：“我的小女儿大啦，瞧头发的颜色也变深了。她的生活会变成什么样子呢？……”

阿丹

古丽雅七岁了。她早已会念书——还不到五岁就会念了，可是让她进学校还太早。有一位年老的法国女教师开了一个小班，熟人劝妈妈把古丽雅送到那里去：在那里古丽雅可以跟别的孩子一块儿玩，一块儿散步，顺便还可以学学语文。

古丽雅第一回来到女教师的地方。

屋子里摆着褪色的旧家具，墙上有许多图画和相片。这里除了古丽雅以外，还有两个孩子：一个是男孩，叫廖立克，头发又长又鬈，很像一个小姑娘；一个是小姑娘，叫舒拉，头发剪短了，很像一个男孩。

孩子们坐在一张矮桌子旁边，老教师拿着一只绿色的布兔子，唱起听不懂的歌来。她手里的兔子在桌子上跳起了滑稽舞。它的耳朵一跳一跳，腿晃来晃去，孩子们哈哈笑，跟着教师念那些古怪的歌词。

古丽雅皱起眉头，一声不响地瞧着大家。可是她决定问一句话。

最后她说：“阿丹，为什么……”

法国女人很奇怪：“你说什么？再说一遍吧。”

“阿丹。”古丽雅再说一遍。

“不是‘阿丹’，要说‘马丹’①。”

“马丹，”古丽雅又开头，“难道俄语那么不好，还要学法语吗？”

---

① “马丹”在法文里是太太的意思。

这件事情她觉得奇怪。世上有这么好、这么容易懂的俄语，为什么要用不容易懂的话唱歌呢？再说，为什么硬要这只绿兔子跳舞呢？古丽雅家里也有一只兔子，不过不是绿的，是浅蓝的，可是它跟别的旧玩具一块儿，已经在抽屉里躺了三年。古丽雅快要进学校了，这些人还把她当小孩子逗着玩。

老太太不知道回答古丽雅什么好。她想了想，就吩咐孩子们跳轮舞。马丹拉住廖立克和舒拉的手，舒拉伸手给古丽雅，可是古丽雅挣脱了，坐在椅子上。

她说："我不爱早上跳舞。我爱早上念书。"

法国老太太不高兴地摇摇头："你是个不听话的小姑娘。也好，咱们就念书吧。"

可是这里念的不是俄文，而是法文。他们不是念童话，而只是念字母。

马丹把画片发给孩子，画片上画着字母：阿、别、谢、爹[①]……

这件事不难。古丽雅很快就记住了所有的字母。一个月不到，她法文已经念得相当流利了。

在花园里游玩的时候，她催她的"阿丹"回家："回去吧，您那本法文书咱们再去念一点儿。"

到了冬末，她不但学会念，还学会了写。

有时她上课太闹太淘气，马丹就戴上夹鼻眼镜，说："别吵！现在

① 这是法文字母表开头几个字母的读音。

咱们来做听写。”

可是古丽雅把这门功课变作快活的游戏。

马丹用有节奏的声音念法文句子：“小宝宝睡在摇篮里。鸟儿停在树上。奶奶织袜子。爷爷抽烟斗。”

可是古丽雅在本子上写：“奶奶睡在摇篮里。小宝宝抽烟斗。鸟儿织袜子。爷爷停在树上。”

她尽力忍住笑，一本正经地把本子交给“阿丹”。

法国老太太端好夹鼻眼镜，大声念古丽雅写得歪七扭八的字。

“什么？”她皱起了眉头说，“鸟儿织袜子？小宝宝抽烟斗？我一点儿也不懂！”

古丽雅笑得摇来摇去，廖立克和舒拉也跟着她一块儿笑起来。

好心的老太太原谅了古丽雅这些捣蛋事情。她认为古丽雅这样闹着玩地把法国字随意调动，对生字反而可以记得更快。她只注意每一个字要写得对，要写得不错。

上课上得又快活又太平。班里没人想到，古丽雅又在打什么新主意。

在温暖的春天里，有一回大家结队到街上去散步，走到一座三层楼的砖石房子门口时，古丽雅忽然停下来。

“马丹，”她说，“请在这儿等我一等，我马上就回来。”

她把很重的门推开一点儿，走进去，不见了。

舒拉说：“马丹，这是学校哇！上面写的——您看见吗？”

小姑娘指指钉在门上的牌子。

法国老太太回答说：“你们两个站在这里，我马上去看看。”

廖立克和舒拉两人留下来。他们拉着手，靠着房子的墙，不让汽车撞到他们。

古丽雅先回来。

她问廖立克和舒拉：“阿丹呢？我是说马丹呢？”

廖立克和舒拉一块儿回答：“找你去了。你刚才在哪儿？”

“待会儿再说！”

这时候，焦急的马丹从学校的门里跑出来。

“讨厌的小姑娘！”她跑到古丽雅面前，“你到哪儿去啦？”

她一急，俄语就讲得比平常更坏了。

古丽雅沉默了一会儿，接着像大人那样严肃地说：“马丹，对不起。我报上名进学校了。进一年级。明天就要把出生证送去。”

马丹只好拍了拍手。

第二天，古丽雅的妈妈把证件送到学校里去。

就这样，古丽雅自己报名进了学校。

一年级小学生

在一年级里，古丽雅岁数虽然比所有的同学小，个子却比所有的同学高。

起先她日子很不好过。

她的鬈发叫一个顽皮的男孩子给看上了。他偷偷地走到她背后，把指头插进鬈发里去一扯。这一下子弄得人又痛又气。古丽雅回家讲起这件事情，可是妈妈心平气和地对付她的告状。

“你自个儿去跟他理论吧。说不好就还他一下子。可不要向老师告状。”

从此以后，古丽雅再也不让人欺负了。

她非常喜欢学校。她的全部家当都在课桌里面。课桌里一角放着新书和本子，另一角放着上了漆的笔盒。笔盒里什么东西没有哇！又有铅笔，又有发亮的小笔尖，又有橡皮。

有一回，古丽雅把一只绒布小猴子带到课堂里来，拿小书本和笔盒给它盖了一座舒服的小房子，连女教师进来她也没看见。

上课了。

女教师念什么东西念了很久，可是古丽雅一句也没听进去。

女教师忽然说：“现在古丽雅给我们来念这个故事。”

古丽雅在位子上站起来问：“什么故事啊？”

“我刚给你们念的那个。”

“我什么也没听见。”古丽雅说着低下头来。

“古丽雅，你真不害羞，”女教师说，“你不用心，我就批你一个‘不好’。”

过了一会儿，在古丽雅妈妈工作的电影厂里，有一间屋子的电话“丁零零”响起来。

“请接我的妈妈！柯罗廖娃同志！”电话里一个焦急的声音说，“妈妈，是你吗？妈妈，我‘不好’了！”

妈妈手里的电话差点儿掉下来。

“小古丽雅，你怎么啦？马上去看校医吧！我这就上学校来接你。”

电话里回答说：“我不在学校里。我已经回家了。”

“回家就好。快上床吧。你什么地方痛啊？”

“妈妈，你不明白我的话！”古丽雅说，“不是我不好，是我有‘不好’！”

“怎么不好？说说明白吧。你什么地方痛啊？头吗？还是喉咙呢？”

“你怎么啦，妈妈！我说过了，我一点儿没什么不好。是我的口语课‘不好’！”

妈妈松了一口气。

“早该这么说了。如果只是口语课不好，这还没关系。”

“对了，没关系！你什么事情都没关系，”古丽雅生气了，“为了这个‘不好’哇，我非常非常不好了！”

又有一回，古丽雅真的生病了，可是妈妈不相信。

她问古丽雅：“哪一门功课‘不好’哇，口语还是作文？”

“喉咙痛！”古丽雅好不容易说出话来，“有点儿要吐……”

等到妈妈回家，古丽雅已经全身烧得通红，躺在床上。来看病的医生给她诊过以后，说出一个字眼来，这个字眼，凡是做妈妈的都是怕听的——猩红热。

在医院里

古丽雅的妈妈站在大花园里，站在楼下一个窗子前面。她难过地瞧着一个穿长衬衫和病人服、头发剪短了的瘦孩子，生了一场大病，这孩子现在完全不像原先那个快活的古丽雅了。

在关紧的窗子外面，听不见古丽雅的声音。古丽雅满脸毫无办法的样子。她把一张大纸按在窗台上，很快地写字。接着她把写得很潦草的字给窗外的妈妈看。纸上歪歪斜斜地写着：

“妈妈，带我出去吧！我全身的皮都脱光了。我在这儿再也待不下去了！”

古丽雅的妈妈用笔记本的纸写了几个字回答她：

“小古丽雅，再忍耐一会儿。我很快就要带你回家的。了不起的礼物在家里等着你呐。”

古丽雅的嘴唇和下巴哆嗦了，可是她忍住不哭，虽然她才八岁。

妈妈走了以后，古丽雅难过地动身到厨房去，想知道今天晚饭吃什么。一天跑进厨房三回，接着走遍自己那个科的各个病房，告诉躺在床上的孩子们早饭吃什么，中饭吃什么，晚饭吃什么——这是非常有趣的。

“烤通心粉和果子冻！”古丽雅郑重地向大家宣布。

不过很可惜，隔壁病房有一个刮光了头的长腿小姑娘，已经比古丽雅先跑到厨房里去过，所以这个消息没人要听。

古丽雅坐在床上，叹了口气。还有整整一个钟头才吃晚饭。她于是低声念诗，念她喜欢的一首诗，是涅克拉索夫写的。连她自己也不知不觉，她的脑子里忽然冒出一些新句子和新诗行，这些句子和诗行从来没听到过，讲的是家里那条小红狗彼奇卡：

你怎么啦，小宝贝？
你怎么啦，小狗？
你干吗待在墙犄角？
小狗很寂寞，
小宝贝很寂寞，
它静静地待在墙犄角。
喂，你来吧，我来疼疼你。
家里没面包。
瞧我的小红狗，
在它静静的墙犄角睡觉。

古丽雅想："我怎么会想出这首诗来呢？这首诗已经不像写非洲的那首诗那样糟糕了。"

她想起四岁那年做的第一首诗：

一群群小鸟儿，很快地飞回家。

它们觉得非洲香，

非洲是它们的家乡。

古丽雅拿定了主意："得给彼奇卡写首小诗。"

她拿起铅笔，拿起小纸，用大字写下：

关于彼奇卡的诗

忽然她想睡了。她的眼睛粘起来了，头重起来了，古丽雅于是趴在枕头上。

等到晚饭送来满满一盆热通心粉，古丽雅已经睡熟了。

朋友和敌人

古丽雅从医院回来，看见家里有了整整一个小图书馆。书架上摆着油墨还没干的新书。古丽雅最喜欢游记。

古丽雅心里想："我快点儿大起来就好，我要做一个旅行家！"

古丽雅的幻想，没想到忽然实现了。古丽雅跟妈妈一块儿出远门，到亚美尼亚去。

在妈妈来说，这是一次出差。在古丽雅来说，这是一次最快活的旅行。

她们住的房子，院子里有一股焦味儿，这焦味儿是打对门小石灶发出来的。一个小姑娘蹲在灶前面，两根黑辫子编得很结实，她用一把大羹匙拌铜盆子里的东西。盆子里喷出一股蜜糖香气，连街上也闻得到。

秋天快到了。太阳晒下来已经不像夏天那么厉害，温和多了。

古丽雅问那小姑娘："你叫什么名字？"

小姑娘把两根小辫子一根一根理好，接着把羹匙看来看去，好像第一回看见它似的。

她轻轻地回答说："叫加亚娜。"

古丽雅问她："你上学念书吗？"

加亚娜拖长了声音说："当然念书。"

"你爱你的学校吗？"

“当然爱。”

“你有女朋友吗？”

“当然有。”

“你愿意跟我好吗？”

“当然愿意。”加亚娜微笑了一下。

“你的学校在哪儿，近吗？”

“不很近，”加亚娜回答说，“比较远。”

古丽雅跟加亚娜并排坐在台阶上。那小姑娘逐渐变成一个健谈的人，古丽雅从她嘴里知道两座高耸入云的雪山叫作“阿拉拉特山”，知道亚美尼亚人照老样子叫它们“西斯”和“马西斯”——就是大小阿拉拉特山的意思。古丽雅告诉加亚娜，说她和妈妈坐火车穿过一些什么山，她们大清早到阿拉格奥兹站的时候冷得很。

“山里总是这样的，”加亚娜说，“那就是阿拉格奥兹山，”她用手指了指耸立在阿拉拉特山正对面的一座山，“我哥哥卡罗爬上过山顶。”

古丽雅问她：“他人现在在哪儿？”

“在那边。”加亚娜朝一个戴皮帽的男孩点点头。

那男孩骑在石围墙上，用手在眼睛上搭个凉棚，瞧着远远的什么地方。

加亚娜解释说：“他在那里张望着，不让别人家的孩子偷我们的梨和榅桲果[①]。”

---

① 榅桲果是做果酱的一种果子。

“可惜我的哥哥爱利克不在这儿，”古丽雅叹了口气，“让爱利克给他们点颜色看看有多好。”

古丽雅想也不想，就说出这句话来，说出这样的话，连她自己也觉得奇怪。爱利克根本不是她的哥哥，他和她从小是同学，可这时候古丽雅羡慕加亚娜有哥哥，于是也给自己想出了一个。

爱利克和古丽雅的交情，在他们两人才三岁的时候就开始了。

可是那时候古丽雅常常欺负爱利克。有一回，她把他的白绒象带回家，好久还不肯还。她说：“象亲口对我说过，它不愿意待在爱利克家里，它要待在我家里。”

爱利克只好耐心地等了又等，等那象重新愿意回到自己真正的主人那里。

可是古丽雅也常送玩具给爱利克。她连自己心爱的小丑也送给他了。

后来她和爱利克分开，各人进各人的学校，于是两人难得见面。不过他们还是住在一个城里。

现在爱利克在离开埃里温[①]几千俄里的地方——在莫斯科。

加亚娜问她：“他个子大吗？我说你哥哥。”

“大，”古丽雅说，“说不定比你的卡罗还大。”

古丽雅瞧了瞧戴皮帽的男孩。

那男孩正用拳头吓唬着站在石围墙外面的什么人，用亚美尼亚话

---

① 埃里温是亚美尼亚的首都。

生气地大叫。忽然围墙外面，有几块泥巴笔直地朝他飞过来。

古丽雅跳起来就朝围墙跑过去。她很快地爬上围墙，嚷着说："哼，你们这些孩子！你们再不马上住手，我就要叫我的哥哥爱利克了。他有一支真的猎枪呐！"

一大群"敌人"惊奇地瞧着这个陌生的小丫头，这小丫头根本不像他们在自己城里大街上见惯了的小姑娘，那些个小姑娘全是沉默害臊的。

最黑最结实的一个"敌人"张开了嘴，眼也不眨地瞧着古丽雅。

古丽雅说："站着吧，站着吧！我就到你那儿来！"

不知道这孩子懂不懂她的话，可是猛一转身就逃走。

其余的人也都跟着他逃走了。

卡罗说："他们这就要从另外一头跑过来的。我知道他们！"

"那你别耽搁。冲着他们跑过去！"古丽雅命令他说，"有什么事，你只要大叫'爱利克！'"

卡罗从围墙上爬下来，撒腿冲到院子的另一头去。那边很快就传来他拼命的叫声："爱利克！这儿来！爱——利克！"

古丽雅赶过去帮忙。

她一面跑一面叫："爱利克来了！他装子弹了！"

卡罗站在房子的斜屋顶上，快活地摇手："他们逃走了！"

"哈哈！"古丽雅嚷着说，"他们害怕啦！"

卡罗爬到地上来。

他问古丽雅："你真有个哥哥叫爱利克吗？"

古丽雅点点头。

“堂房的……”

“他人现在在哪儿？在家吗？”

“在家……在莫斯科。”

卡罗那两道黑眉毛竖得高高的。可是等到他想明白，就笑起来了：“调皮姑娘！哥哥在莫斯科，她却拿哥哥来吓走全埃里温的人。”

古丽雅问他：“你愿意跟我交朋友吗？”

卡罗换了换脚，笑了笑说：“我有个妹妹叫加亚娜。就在埃里温，不在莫斯科。你可以跟她交朋友。”

“跟你不可以吗？”

卡罗很不好意思。

“为什么不可以？也可以。”

从这一天起，古丽雅跟加亚娜和卡罗交上了朋友。“敌军”远远看着这兄妹两人，给一个外乡小姑娘摘最熟最多汁的梨，看得眼都红了。

可是很快，“敌人”就非常尊敬这个外乡小姑娘了。事情是这样的。

在隔壁的院子里拴着一只很凶的大狗，叫阿勃烈克。周围很远也听得见它又沙又凶的叫声。

有好几回，古丽雅在阿勃烈克住的院子门口停下来，往边门里瞧，可是看不见阿勃烈克。

最后古丽雅鼓起了勇气，攀到石围墙墙头上，看见一只灰色的大狼狗。这狗拼命地扭头，尽力想要挣脱当链子用的那根粗绳子。

“我这就来帮你！”古丽雅大叫一声，翻过围墙跳到地上，直往狗窝跑去。

“你上哪儿去？！”卡罗忽然在墙头上出现，在她后面大叫，“它要把你咬碎的！它要把你咬成一块一块的！”

“没关系，”古丽雅说，“它不会咬的。”

阿勃烈克沉着脸看看古丽雅，接着向前扑，叫得很凶，喉咙一下子却叫破了。古丽雅停住了。

她用最温柔的声音说：“阿勃烈克，不要怕，小宝贝，我不会欺负你的……”

阿勃烈克惊奇得蹲着后腿坐下来。

古丽雅走到可怕的大狗身边，摸摸它两耳之间的额头，接着动手解开绳子。那狗高兴得好像发了疯。它绕着古丽雅跳，后来用后腿站起来，把前腿搭在她的肩膀上。

古丽雅解开阿勃烈克以后，抓住它的颈圈。附近居民谁都怕这只看门狗，可是它在这小姑娘脚旁边小心地跨步子，走得又安静又温柔。

从这一天起，满街的人都称赞古丽雅，说她在世界上天不怕地不怕。

可是，有一天古丽雅要离开这地方了。门口停着一辆马车。卡罗把皮箱搬出来。

卡罗的妈妈，一个不大说话的小个子女人，递给古丽雅满满一篮葡萄，一串串的。加亚娜走过来。她哭了。

古丽雅抱住她，亲她。

“别哭，加亚娜。你上莫斯科来看我们。”

隔壁那些男孩子远远站着，一声不响，他们本来是古丽雅的敌人，现在是她的朋友了。车子一动，古丽雅朝他们招手。

一大群人马上跟着她跑，两个最利落的吊在车子后面。赶车的用亚美尼亚话对他们嚷了声什么，两个孩子哈哈笑起来，把车子的边抓得更紧。

可是还不只这样。毛蓬蓬的阿勃烈克拖着绳子冲到街上来，它三跳两跳就赶上大家，而且跑到车子前面去了。

“好阿勃烈克！”古丽雅嚷起来，“妈妈，把它给带走吧！”

妈妈只是摇了摇手。

这时候车子下山了，两个孩子只好跳到地上。

“再见啦！”古丽雅对他们叫了一声，他们两人摘下帽子，向古丽雅招了又招，一直到车子看不见了为止……

古丽雅和爱利克

火车隆隆地、慢慢地朝莫斯科站站台开来。还在站台没到的地方，老远就看见火车头了。

爱利克跑着来接开过来的火车。

一节节车厢的出入台上已经挤满乘客，招呼着搬运员。爱利克一张张脸看过去，找古丽雅。

乘客都已经下车到站台上来，就是没看见古丽雅。爱利克忽然听见很响很熟的一声："小爱利克！"

这样叫他的只有古丽雅一个。

她把头伸出窗口，脸被南方的太阳给晒黑了。爱利克挤过热闹的人群，朝车子走过去，一路上碰上了皮箱和布口袋。站台的木板在他的脚底下"噔噔"响。爱利克的妈妈跟着他跑，在他后面叫，可是他没听见，他高兴得把自己也给忘了，只管上车子的出入台。古丽雅抱着一个圆的大篮子，已经站在车子的出入台上心急得顿脚了。

"这是给你的葡萄！"她嚷着说，"下面有桃子，不过它们已经快烂了。得赶快吃，要不就干脆把它们给扔掉……我本来还想带给你一只很好的小狗，可是它好像发疯一样。"

"它大概把你给咬了，古丽雅，"妈妈说，"瞧，玛莎婶婶站在那边，你还没跟她问好呐，只管唠唠叨叨地说废话。"

"玛莎婶婶！"古丽雅叫着跳到站台上，吊在爱利克妈妈的脖子上。

玛莎婶婶说："我的亲爱的，你们的屋子还没弄好呐，油漆匠骗了我们，第三天了还没来，你们只好上我家去啦。"

"乌拉！"古丽雅喊起来。"油漆匠真好。乌拉！"

"乌拉！"爱利克接上去喊得更响。

玛莎婶婶的小屋子里，很快就充满了吵声、笑声和见面头一阵总免不了的特有的忙乱样子。

桌子上摆着亚美尼亚的好点心：葡萄馅饼、小面包和烤饼。熟透了的桃子发出一股甜味。埃里温的红酒在玻璃杯里闪亮。

在小屋子里唯一的窗台上，已经有两只白耗子在跑来跑去，它们的小眼睛红红的，尾巴又秃又长。原来古丽雅已经到学校里去过——好在学校就在这里路口——把生物角里的两只耗子带回来了。耗子无声无息地在窗台上跑。爱利克和古丽雅喂它们吃碎面包。老保姆一面把爱利克的弟弟米卡放下来睡觉，一面斜着眼睛瞧瞧古丽雅，嘟囔说："地方这样窄，小娃娃气也没法透，她倒把这种脏东西弄到屋子里来。"

"好保姆，这是什么话，它们很干净的！"古丽雅保证说，"您瞧，它们多好哇！"

她的妈妈只好把手摇了摇。

"没自己的动物园，小古丽雅就活不下去了。拿她简直没办法！在埃里温，毛蓬蓬的大狗跟着她走。孩子们都怕这些狗，可是她爱它们，对它们就像对这些耗子一样的温柔。"

两个妈妈出去以后，古丽雅压低了声音对爱利克说话，不让保姆听见："我想给你说两句悄悄话。"

爱利克说："咱们到走廊里去吧。"

两个孩子跑出来，到通向厨房的那道又黑又窄的走廊里去。

古丽雅开口说："爱利克，我不知道怎么办好，豚鼠在学校里孤零零的，没有一个孩子想到把它带回去过暑假！"

爱利克说："那把它带到我家来吧！"

"保姆呢？两只耗子她已经这样叽里咕噜了。"

"咱们就放在床底下！"爱利克想出了一个主意。

"把谁放在床底下？"古丽雅笑起来，"保姆吗？"

"豚鼠哇。"

"豚鼠不能放在床底下。它在床底下不好的。它需要空气和鲜草。"

"哪儿来的草呢？"爱利克问她，"我想到了！莫斯科河边草有的是，你要多少就有多少。咱们去割吧！"

爱利克溜进厨房，一转眼已经拿着菜刀跑出来。

"装草的篮子呢？"古丽雅提醒说。

爱利克说："可以把你装葡萄的篮子拿去。"

这时保姆已经放下米卡，自己在打瞌睡，爱利克和古丽雅趁机从家里跑了出来。

河岸上当时还没铺上花岗石，干枯的秋草一片黄色。爱利克和古丽雅起劲地割起草来，篮子很快就满了。

两个妈妈回家，在前厅就听见老保姆气呼呼的声音："这是怎么回事儿？这种事情哪儿见过？我还是离开这个家好……"

“里面出什么事啦？”古丽雅的妈妈一面问，一面赶快把门打开。

屋角的草堆上，有一只红毛豚鼠坐在那里费劲地喘气。爱利克和古丽雅低了头站在窗口。一大滴一大滴的泪珠打古丽雅的脸蛋上流下来。

“玛莎婶婶，”古丽雅用恳求和绝望的眼光瞧瞧爱利克的妈妈，说，“豚鼠在学校里要饿死闷死的！”

可是没法子说服大人，让她们明白豚鼠必须留在家里。

古丽雅于是一只胳膊抱着草，一只胳膊抱着豚鼠走出屋子。她把豚鼠紧紧地按在胸前，哭得很伤心。

爱利克跟在她后面走，尽力安慰她。

第一高度

在岩石重叠的海岸上，乌克兰电影制片厂的玻璃房子藏在浓密的洋槐林子里。红瓦盖远远就能看见。花园里面，可以看到一群活泼的光脚孩子，在这些孩子前面，又可以看到一个晒得黑黑的快活的小姑娘——穿着花布裙子和乌克兰的绣花衬衫。这姑娘就是电影里的女主角——勇敢的瓦西林卡。这儿正在拍摄一部电影，名字叫《游击队的女儿》。

古丽雅演瓦西林卡。碰巧她跟妈妈一块儿到乌克兰来。电影厂的导演们一看见古丽雅，就觉得瓦西林卡的角色非她莫属。妈妈不愿意让古丽雅成为一个电影演员，可是导演们苦苦要求，直到她答应为止。

于是古丽雅只好担任这项艰难繁重的工作。

这部片子里有一场戏，是瓦西林卡骑着马跳过障碍物。为了演这场戏，古丽雅得学会骑马——有马鞍没马鞍都得会骑。

一位红军战士把一匹高大的灰马牵到电影厂的院子里来。他抚摸着自己这匹马又高又光滑的背，说："这是匹好马。没有比我的灰毛更好的马了。"

等到大家把古丽雅扶上马背，这匹"好"马原来又坏又顽固。它用力一冲，古丽雅一下子往后一颠，差点儿倒栽下来。大家及时扶住了她。

古丽雅对导演说："您在旁边走，我再试一回。"

她坐稳点儿，拉拉缰绳。灰毛一动也不动。古丽雅用腿夹紧马肚子，可是它还是不走。红军战士拍拍马的后颈，说："你怎么啦，小傻瓜？走啊！快走！"

古丽雅又拉了拉缰绳。灰毛忽然跳起舞来了，它往后一跳，古丽雅扑倒在它的脖子上。旁边的人又赶上去把她扶住。

她涨红了脸。

导演和摄影师问她："怎么样，害怕了吧？"

红军战士问她："害怕啦？"

古丽雅说："害怕了。我还以为要给摔死呐。"

"嗯，今天差不多够了吧？"

可是古丽雅回答说："不，再来。"

她用缰绳一会儿要灰毛停，一会儿赶灰毛走，最后逼得它只好听话。顽固的灰毛明白自己犟不过这位小骑士。

第二天，第三天，她继续学骑马。等到古丽雅学会了骑在马背上跨步、跳和跑，公园小路上就放了一道高栏。

古丽雅又大胆又快活地坐在马鞍上。灰毛马上往前跑去，可是一到高栏前面，就吓得跳到旁边去了。古丽雅好不容易叫它停下来。灰毛踢踢脚，摇摇头，咬咬马嚼子。古丽雅勉强在马鞍上坐好，重新赶马上前。她朝高栏冲去，风迎面直吹。灰毛跑到目的地，又闪到旁边去了。它好像拿定了主意，无论如何要甩掉身上那很轻但很不安稳的负担。古丽雅的头发昏，她使劲拉住了马缰。

导演用传声筒嚷着说："停止拍摄！"

可是古丽雅不肯屈服。

“没关系，我跳得过去的。一定要跳过去！”

她坐得更稳些，趴在马脖子上说：“嗳，灰毛，帮帮忙吧！”

她又向高栏冲过去。她的心跳得更厉害了。

可是灰毛不帮忙。就在高栏前面，它两次三番闪到旁边去。

导演嚷着说：“算了吧，古丽雅，用不着这样！”

古丽雅什么也没听见。她咬紧牙齿，像弹簧一样缩紧了身子，赶马上前。一到高栏前面，她把脚一夹，马来不及躲闪，向前一跳，古丽雅像插了翅膀似的高高飞起来。一眨眼工夫——马又在小路上轻快地跑着了。

高栏跳过啦！就这样，十二岁的古丽雅达到了生命中的第一个高度。

新朋友

秋天，《游击队的女儿》这部片子送到莫斯科去试映。

真奇怪：花这么多人力拍成的这么大的一部片子，能够装在一个小皮箱里。

古丽雅送导演到车站，求他说："请您让我爸爸看看这部片子。我看不见他，那就让他看看我也好！"

她本人很想到莫斯科去，很想到从前的房子，到莫斯科的街上，到自己在莫斯科的学校里去。

可是妈妈没有办法离开敖德萨。

古丽雅只好习惯过新的生活，进新的学校。

可是很不容易习惯。课堂里的课桌好像不舒服，黑板的位置好像不对头，同学也好像不对劲。

古丽雅回家诉苦经，说休息的时候耳朵给吵得嗡嗡响，说男生常常绊她的脚，抓她的辫子，又说在这学校里没法子念书。

妈妈说："没关系，你会习惯的。"

"一辈子也习惯不了！"古丽雅生气了。

她不原谅这个新学校，首先是因为这学校不在莫斯科，而在敖德萨。

有一回，古丽雅好不容易熬到了下课，走出学校，随手把学校很重的门"砰"的一声关上。她对同班的女同学们说："这是什么学校哇！离开这里，一步一步走到莫斯科去我也情愿。”

这句话给男生们听见了。

有一个喊起来：“谁要留住你啦？莫斯科小姑娘，好像真了不起似的！”

另外一个接上去：“我们才不稀罕你呢！要上哪儿去，你就滚到哪儿去得了。我们给你指路，还给你让路呢……”

他已经想要去打古丽雅的后脑勺，可是几个女生赶上来帮古丽雅。

她们一齐嚷起来：“别碰她！我们说话关你们什么事！”

“叫她别神气活现。她又不是女王，是柯罗廖娃[①]罢了。”

“是柯罗廖娃又怎么样，她是一个女演员。”

“女演员！”这孩子用看不起的口气说，大家哈哈笑起来。

“是的，是的！”女生们喊着说，“真正的女演员，《游击队的女儿》。”

男生们当中有人问：“真的吗？”

女生们说：“以少先队员的名义！她在电影里骑马跑，打沼地上把马给拉出来，跟富农打仗，可不跟你们小吵小闹的！”

“不管怎么样，叫她别神气活现！”一个黑眼睛的矮胖子一面说，一面好奇地把古丽雅看了又看。忽然他加上一句：“现在你的马呢？”

“那马不是我的，”古丽雅说，“是一个红军战士的。”

有人说：“要会骑马才能骑红军战士的马呀！”

---

①“女王”在俄文里的发音“柯罗列娃”和古丽雅的姓“柯罗廖娃”的发音相近。

古丽雅回答他说："原先我不会，后来学会了一点儿。"

"一点儿！"和古丽雅一块儿坐的廖丽雅说，"你连高栏也跳过了！"

"是的，逼着的……"

古丽雅也好，别的男女同学也好——谁也没注意到这场争吵怎样自己无形中消失，变成一场认真的，甚至是友爱的谈话。这场谈话的结果是：古丽雅把一大群孩子带到种着菩提树的安乐街上自己的家里去，把家里可以找到的好吃东西，像多汁的红苹果啦，夹果子酱的面包啦，全都拿出来请新朋友们吃。

很快古丽雅就觉得，学校里好像不那么吵闹了，女生们非常好，连男生当中也有挺不坏的。

可是她刚开始习惯这个学校，又要离开了。这一回是上基辅去，那边有一部新片子准备开拍。

古丽雅叹着气，动手收拾东西放进她的皮箱。

瓦尔卡和瓦西林卡

基辅的电影厂比敖德萨的大多了。古丽雅喜欢这里的一切——拍片时不晃眼的浅蓝色柔和灯光、大摄影棚，大家像欢迎老演员一样欢迎她。

导演和她谈话，就像和所有别的演员谈话一样认真。她要参加的每一件事、每一场戏，他都给她详细解释，古丽雅对于什么是演技，了解得更清楚、更深刻了。

这回派给她的角色可不容易演。

古丽雅应该了解，应该体会到瓦尔卡——一个老矿工的孙女儿所受到的巨大悲痛。

为了让她更好地进入自己的角色，导演带她到矿山里去，跟她一块儿下矿井。

古丽雅沉住了气，仔细听老矿工们讲故事，讲往日在这些设备很坏的矿井里，他们的工作有多么危险。老板们舍不得花钱改善设备，矿井常常倒塌。

古丽雅设身处地地想象，矿工的家属们一听见十二下钟声，心里该多么惊慌。这十二下钟声表示矿井里出事了。

在古丽雅演的片子里，正要有十二下钟声。

矿工的孙女儿瓦尔卡（就是古丽雅），急急忙忙地披上头巾，跟着大人朝矿井跑去，想要知道这一回大祸降临到谁的头上了。

她认出了担架上帆布底下那双熟悉的手、那肩膀和头。

瓦尔卡站在那里，向躺在棺材里的矿工爷爷弯下腰来。她站在那里，头上披的还是从家里跑出来时慌忙披上的头巾。

她吃惊地瞧着老头儿一动不动的脸，觉得自己很早很早就已经认识他，认识这个胡须花白的刚强矿工，想起小时候他怎样照顾她，叫她乖孙女儿。

古丽雅完全忘了她不是瓦尔卡，而是古丽雅，于是流出伤心的眼泪来。

可是导演的声音忽然打破寂静："重来！整场戏再演一遍！"

瓦尔卡又低下了头，她面前是棺材里的人。这人眼睛闭着，两只疲倦的大手叠在胸前。

眼泪自然地涌出古丽雅的眼睛，大滴大滴的眼泪掉在这双叠着的手上。

戏一拍完，古丽雅就跑回家，扮爷爷的演员抽着烟卷说："你们知道吗，我好像真的死了。我躺在那里，觉得有真的眼泪掉在手上。说老实话，我吓得头发也竖起来了！"

大家笑起来。

另外一个演员，自己的角色老演不好的，接上去说："怪事，在这小丫头面前，你就不好意思演得不诚心，演得虚假。你在机械地演戏，她却在旁边真的痛苦，真的害怕，真的哭。这时候怎么还能虚假呢？"

大家都同意他的话，在古丽雅面前演戏，怎么也不会演坏。

导演说："这小姑娘演得比咱们都好，片子一上映，咱们的瓦尔卡要出名的！”

可是新片子还没上映，小姑娘已经成名了。游击队的女儿瓦西林卡抢了瓦尔卡的先。

古丽雅回到敖德萨，看见全城贴满了大幅海报，上面有一个金头发的姑娘，一会儿骑在马上，一会儿站在深到膝盖的沼地上，一会儿站在白桦树旁边。

这个姑娘就是瓦西林卡，游击队的女儿。这个姑娘也就是古丽雅。

古丽雅学校里的新朋友说："幸福的孩子！好幸福哇！"

可是古丽雅只是皱起眉毛，生气地摇头。

"不怎么幸福，"她说，"在家只听见说'别骄傲哇，别骄傲哇'。我眼看要留级了，还骄傲什么呢！没一门功课有分数。瓦西林卡又演得不大好，瓦尔卡呢——我觉得这角色演得要好些。"

古丽雅本人虽然不太满意瓦西林卡，可是电影厂还是称赞这位小演员演得好。

新片子公映的晚上，他们请古丽雅和她妈妈去看。

妈妈说："好了，他们单独送你一份请帖了。不过，请你不要骄傲哇！"

古丽雅把请帖放在桌子上。

"又是'不要骄傲'！我还是干脆不去好。"

"随你吧。"妈妈说。

古丽雅一面唱着歌，一面用干净的纸去包课本的破封面。

妈妈都准备好了以后，最后一次问古丽雅："怎么样，你待在家里吗？”

“嗯，”古丽雅说，“待在家里。”

妈妈笑起来：“好了，穿衣服吧。”

古丽雅兴高采烈，急忙把新衣裳套到身上。

可是她们还是迟到了。

古丽雅和妈妈轻轻走进大厅，坐在后排，这时候隆重的大会已经开了一半。

古丽雅正在人群当中找熟面孔，忽然听见说：“由于古丽雅在《游击队的女儿》里扮演瓦西林卡一角的出色成绩，我们奖给她……”

古丽雅拉住妈妈的袖子：“妈妈！”

妈妈回过头来。

“只是不要骄傲！”她一面说，一面笑着拍拍古丽雅的肩膀。

“……奖给她一套俄罗斯伟大作家的相片……”

“送多少相片呢？”古丽雅低声说，开始数指头，“普希金、果戈理、莱蒙托夫、涅克拉索夫……妈妈，茹柯夫斯基伟大吗？”

妈妈说：“别说话，听下去。”

“……给她一套俄罗斯伟大作家的相片、一套书、三种案头玩意儿和一个鱼缸。”

全场的人拍起手来。

休息的时候，古丽雅对妈妈说：“妈妈，咱们把鱼缸放在哪儿呢？咱们家太挤了。”

“鱼缸如果很大，咱们就去跟邻居商量，放在他们那里。”

“这怎么行，他们出去工作，小鱼要饿死的。妈妈，你看怎么样，不能够求他们换别的奖品吗？”

“换什么奖品？”

“比方自行车！”

“哼，那一来，你就完全没工夫做功课了。一拍完电影你就去骑自行车。现在你时间很宝贵——得赶上全班同学。”

“好，那么我去求他们换一样完全不占时间的东西！而且它只占一点儿地方。”

“这是什么东西呢？”

“指示时间的东西。一只表！一只手表。唉，好妈妈，你不知道我多么需要一只手表哇！”

“这件事情你已经跟我讲了整整一年了，我怎么会不知道呢！好吧，有钱我就给你买一只。”

“你这话也讲了整整一年了，可是表一直没买。”

古丽雅叹了口气。

过了几天，她又被叫到电影厂的厂长室去。

厂长严肃地跟她握手，问她对礼物满意不满意。

“非常满意，非常满意，”古丽雅说，“不过我想要别的东西。当然，这是说如果可以的话。”

“你想要什么呢？”

古丽雅低声说：“给我一只小表就好了！哪怕是最小最小的，不过要戴在手上的！”

"为什么不可以，可以的，"厂长说这话，好像说的不是手表，而是一样最普通的东西，"就给你一只表。"

果然，第二天古丽雅的手上就有一只小表在"滴答滴答"地响了，这表很小很小，可是也有长针、短针、螺丝、齿轮，真正的表该有的东西应有尽有。

古丽雅庄重地对妈妈说："嗯，现在我一分钟也不白白放过了！"

"咱们瞧着吧。"妈妈说。

古丽雅的暑假

快要考试了。

“真难以想象，”古丽雅和朋友们一块儿放学回家，对她们说，“真难以想象，咱们要升七年级了！这件事情多奇怪呀，甚至叫人没法相信。我只觉得我好像刚念完四年级似的。”

已经是春天的天气了。风又温暖又轻快，充满了海洋和海草的气味。海滨街上挤满了人。一些姑娘在卖初春的花。在太阳晒着的地方，冰淇淋买卖已经非常热闹了。

古丽雅温了好久的功课，现在和同学们跑到街上来，只觉得城里好像过节，好像就要出什么喜事儿似的。

考试很顺利。在这一段时间里，古丽雅连想也没想到过自己曾经是个演员——瓦西林卡、瓦尔卡，她只知道一件事情：她是个学生，一定要一级一级升上去。

她升了级。紧接着，她又被叫到基辅去，那边正在拍一部儿童片，叫作《太阳下的假面舞会》。

可是天气有意作对，老不适合拍这片子。太阳难得从乌云后面露出来。夏天多雨，演戏的人像飞行员等航行天气一样，常常担心地瞧瞧天，咒骂“天老爷”。

可是儿童演员很喜欢这种阴天日子。在这种日子里他们什么事也没有，跟所有的学生一样，也放了假。

这么闲着，古丽雅给自己想出了一件新事情做。她和拍戏的朋友瓦丽雅一块儿上动物园去。

古丽雅一向爱动物，可是在它们身上花的时间，从来没这夏天花的多，她成了一个少年自然科学研究组组员，还负责照顾两只小狗熊——格利施卡和米施卡。

她亲自用洋铁槽喂它们吃奶渣，看它们爬上笼子的栏杆，或者轮流啃木棍子磨牙齿。

小狗熊很快就认识她，把熊掌伸出栏杆来给她。她走进笼子到它们身边的时候，它们像小猫一样挨近她的脚。

瓦丽雅说："你还是别走到它们身边去好。它们虽然小，到底是狗熊啊。它们只要咬住你的脚，就会把你整块皮都剥下来的。"

"哪儿的话，那我不就变成怕小狗熊了吗？"古丽雅回答说，"我连关着狼的笼子里也进去过。你明白吗，到脑门子上有块白斑的老狼身边去。"

"到狼的身边去？！"她的朋友惊叫了一声，拍了拍手。

"你怎么啦？"古丽雅宽慰她说，"只要把狼喂饱，你就可以像摸看门狗、拍看门狗那样摸它、拍它，它会四脚朝天躺在地上，高兴得龇牙咧嘴呐。你自己去试试看吧！"

可是瓦丽雅根本不想试……

太阳老是不出来。夏天就要完了。为了追赶太阳，电影厂决定离开基辅。

动身以前，古丽雅再到动物园里去了一次——去跟自己的小狗熊告别。

一个夏天里，它们大多了，像两只大狗熊了。可是古丽雅差不多天天来看它们，所以不觉得。就在动身的前一天，她照常走进笼子，到它们身边去跟格利施卡玩。她忽然觉得谁在后面拉她的脚，她回头看，原来是另一只小狗熊米施卡。它撑着后腿站着，东歪西倒的。古丽雅弯身在水槽上，用水泼它的脸。它哼哼鼻子，抖抖身了，忽然被逗生气了，用爪子紧紧抱住古丽雅，抱得她只觉得骨头“咯咯”响。

她朝笼口冲过去，两只狗熊跟着她。古丽雅拉拉小门——可是拉不开。门给反锁了。这是怎么回事儿？谁把她跟狗熊锁在笼子里了呢？两只狗熊的气息一直喷到她的脸上来。它们喘气，尽力要捉她。它们也许是玩，也许呢——是生气了。

古丽雅好不容易挣脱了很重的爪子，爬上笼子里搁着的一把梯子。两只狗熊一刻也不放松，跟着她就爬上来。她爬到了最高一级——再也没处爬了。

古丽雅往两边瞧了瞧，马上决定跳下去，跳到地上来。狗熊还没来得及回身追她，她已经钻进食槽，爬到外面来了。

古丽雅听见头顶上有人用发抖的声音说：“你为什么不叫啊？”

她站起来，看见两个少年自然科学研究组的朋友——野樱果和小鲻鱼。实际上他们两人都叫尼古拉，只是为了区分才叫野樱果和小鲻鱼的。野樱果脸蛋很红。小鲻鱼又瘦又好动，像条小鲻鱼一样。

“你为什么不叫啊？”小鲻鱼再说一遍，“我跟野樱果约好：你一叫就开门。可你像嘴里含着水似的——老是不响。我们还以为你太平无事呢。”

“这样说来，是你们把我给锁起来的？”

“是我们。”

“为什么？”

小鳊鱼说：“嗯，为了看看……”

“为了试验一下你的勇敢，”野樱果打断他的话，“瓦丽雅对我们说，你什么也不怕，甚至进笼子到老狼身边去过。所以我们想亲自试试你看……”

“想试试我？”古丽雅和两只狗熊闹了一场，好不容易喘过气来说。“瞧我来把你们两人锁在老虎笼里，试试看你们会怎么样吧！……”

野樱果认错说：“你别生气呀，古丽雅。只要你一叫，我们就马上放你出来了，可你就是一声不响。”

古丽雅一句话也不回答，摇了摇手，就朝动物园的大门走。

她在大门口回过头来看了看。小鳊鱼和野樱果还站在老地方，摆着手起劲地谈论什么。

第二天，摄影队离开了基辅。

在喀尔巴阡山的支脉之间，在布格河的绿岸旁边，孩子们度过了夏末。

还有什么地方命运不会把电影演员带去，把他们丢在那儿啊！

古丽雅和别的孩子一块儿，住在集体农庄一所白色农舍里，每天傍晚唱乌克兰歌，在山中湍急的小溪里游泳，这真是些美好的日子……

古丽雅带来的书就这样在皮箱底搁着。在拍戏的时候，休息的时候，上远处快快活活走了一通回来的时候，古丽雅偶尔会担心地想起自己的学业。她瞧瞧那些大人演员，心里想："像他们就好，尽管拍戏——又不会留级。在这儿不知道干什么好：照相好呢，游泳好呢，还是温习地理好呢？啊，得了！回城里我再念河和山，可河和山就在这里——都是真的！"

可是回到城里，她还是温习不了功课。她回到基辅的第一天就躺倒在床上了。

起先她连衣裳也不脱，想躺一会儿。她以为不过是路上累了。头痛，耳朵里"嗡嗡"响。她真想找个人诉诉苦，可是妈妈不在城里，她有公事要出门三四天。跟外人说，她又不愿意。

隔壁一个女人问她："你怎么啦，古丽雅？生病了吗？"

"没有，没有。我正在钻研一个角色。在电影里我要扮一个生病的小姑娘。"古丽雅扯谎说。

"这角色你扮得好极了，"隔壁那女人说，"让我来摸摸你的脑门子。哎呀，你呀，连热度都高了！"

她给古丽雅盖好被子，轻轻地走出屋子。

过了几个钟头，古丽雅的妈妈收到一封电报："古丽雅病了，马上回来。"

只要不嚷就好！

屋子里又静又黑。妈妈把自己的绸头巾披在台灯上，放下了窗帘。

一位老医生擦着眼镜问她："病人呢？"

妈妈撩起披在灯罩上的头巾。

"就在这里，医生，您看吧。"

医生坐在古丽雅床边的椅子上。

妈妈拿下古丽雅头上的包布，发牢骚说："我早知道会这样。您想一想吧，这样冷的秋天，她只穿一件衣服在大雨里拍电影！"

"我们正赶这下雨天，"古丽雅说，"我们起先要太阳，后来又要真的雨。"

医生摇摇头。

"是啊，小姑娘，你这一行不好干。很不好干。"

他向古丽雅弯下身来。

古丽雅忽然坚决地说："医生，您给我割掉这只该死的耳朵吧！"

"这又是为什么？"医生吃了一惊。

"为了不疼！"

医生笑起来："如果头疼呢，你要我把你的头割下来是不是？不对，好孩子，我留下你的耳朵，可是要扎个洞。很轻很轻的。你不要怕。"

古丽雅回答说："我不怕。"

"真的吗？"医生问她，"我们瞧着吧！"

第二天早晨，他带来一皮箱医疗器具。

他从眼镜底下把古丽雅看来看去，问她说："你真的不怕吗？也许昨天头脑发热，说得有些夸口吧？你昨天的热度够高的。"

"今天我也不怕，"古丽雅说，"就是扎快点儿！"

"瞧你那么心急！"医生说着，把闪闪发亮的一些小刀和长针排列在一块干净的小白布上。

古丽雅老是斜着眼睛瞧这些银色的小东西，心里想："只要不嚷就好！要不然，自己说过不怕，忽然又拼命大嚷起来！那就丢脸了……"

医生拿着一件发亮的尖东西，走到床边来说："好，我的小人儿，让妈妈来把你稍微按住一下。"

"用不着，"古丽雅说，"叫人按住就可怕多了。还是我来抓住妈妈的手吧。"

她用烧得发烫的指头抓紧了妈妈的手。

"嗯，好了。"医生说。

古丽雅松了口气，张开眼睛。

妈妈手上印上了古丽雅的五个指头——五个红印子。

妈妈问她："你刚才痛吗？"

"你呢？"

妈妈笑起来。

医生异常认真，又异常温和地瞧瞧古丽雅。

"我尊敬你，我真心地尊敬你！"他说着就把闪闪发亮的针和小刀放进小皮箱。

医生走了以后，古丽雅对妈妈说："不知道怎么的，我高兴极了。我自己也不知道为什么。不，我知道。第一，因为我轻松了些。第二，因为已经动过手术了。第三，因为我没嚷。你要知道，那时我痛得要命，也怕得要命。"

妈妈说："我知道，小古丽雅。我也知道你是好样的。现在你尽力睡吧——动过手术，你得好好休息。"

"不用尽力，"古丽雅回答说，"一辈子里，我从来没像现在这样想睡过。你也离开我去休息吧。"

她睡得又甜又熟。

于是她好起来了。

古丽雅躺在新换的干净被褥上，洗过脸，很快活，手里捧着一本书。她高兴看窗外，看院子里的树一个钟头接一个钟头地飘下叶子。她高兴念新书和重念旧书——她觉得自己一向念书没现在了解得好，了解得清楚，诗也从不像现在这样很快就背熟。

认识的小朋友们常来看她，有时带来晚开的花，有时带来新上市的苹果和梨。

有一回古丽雅躺在床上，不看书，手里拿着一本翻开的莱蒙托夫作品，翻来覆去念这两行：

是的，我不会改变，我的心要坚定，
就像你，我坚强的朋友哇，就像你一样……

正在这时候，前厅传来很轻的铃声。

前厅的门开了，可是好久还没人走进屋子。古丽雅只听见有人咳嗽，断断续续地低声说话。

“外面什么事啊？妈妈，谁来啦？”

“我和小鲲鱼来了！”“我和野樱果来了！”前厅有两个声音回答。

古丽雅嚷起来：“你们干吗慢吞吞的？快进来呀！”

他们走进来，两人并排坐在一张椅子上。

“好，说话吧！你们干吗不响啊？动物园里有什么新闻吗？”

“没什么新闻，”小鲲鱼说，“不过运来一些新的蛇，热带的。”

“亚热带的，”野樱果改正他的话，“从阿布哈兹[①]来的。”

“几条？”古丽雅问他们。

“五十四条。”野樱果说。

“五十六条。”小鲲鱼改正他的话。

“这可是很多啊！”

“是不少。”野樱果同意她的话。

古丽雅很惊奇：“你们还说没新闻！喂，还有什么？”

“老狼死了。”

“什么！多可惜呀！”

“可是运来了三只小狼。我们负责照顾它们。两只很文静，一只马上就逃走了，还咬死了两只孔雀。”

---

①阿布哈兹是格鲁吉亚的一个共和国。

古丽雅简直跳起来了。

“这是怎么搞的？”

“看守人没看好。后来捉住它了，关起来了。”

“捉住谁？看守人吗？”

“小狼啊！”

“你们那时候在看什么？”

“我们那时候在看蛇。”

“嗐，你们呐！你们没负责照顾好，你们是乌鸦[①]！”

小鳊鱼和野樱果不好意思地对看了一下。

接着小鳊鱼叹着气打开报纸包，从里面拿出两根孔雀毛来。

“这是给你作纪念的。”

古丽雅责备地瞧瞧两个孩子。

“留给自己作纪念吧。你们要成为插孔雀毛的乌鸦啦。”

两个孩子笑起来。

“我们要记住这话。你拿去吧。两根漂亮的小孔雀毛呐！”

两根毛的确很漂亮。一根上面有套金圈的蓝点子，一根上面有绿点子。

小鳊鱼和野樱果不说话，再坐了一会儿，接着起身要走了。

他们在门口停下来。

“对了，差点儿忘啦！”小鳊鱼想起来，“我们开了一个会。所有

---

① 在俄文里，“乌鸦”还指看东西看呆了的人。

的人分成三组——分成突击工作者、候补突击工作者和坏事分子三组。”

“我归到哪一组？大概是坏事分子吧？”

“不，归到突击工作者一组。”

“我病了啊！”

“这不算的。瞧我们身子多好，还不过归到候补突击工作者那一组去。”

“为了孔雀的缘故。”野樱果说。

“为了小狼的缘故。”小鳁鱼改正他的话。

于是他们走了。

地理的事情

古丽雅身体好了。

她给《太阳下的假面舞会》这部片子又拍了几场戏（现在已经不是在露天拍，而是在摄影棚里拍），接着到敖德萨进自己的学校去。

快动身时她才开始温课，想要赶上全班同学。可是她着手得太晚了。同学们已经把她甩开很远了。古丽雅的艰难日子开始了。

现在大家都知道她，这一点使她觉得做一个“功课不好的学生”更加难过。报纸上有人写文章谈论她，许多人看电影记住了她，根本不认识的孩子在街上也会认出她来：

“瞧，电影里的瓦西林卡！”

“不错！正是她。游击队的女儿！”

大人一认出古丽雅，通常总是对她说：“啊，古丽雅！不用说，我们当然认得你，我们见过你。嗳，你念书怎么样？当然，是优等生啰？”

“不是的。”古丽雅阴着脸回答，赶快溜走了。

一位女记者从莫斯科到敖德萨的电影厂来。她问古丽雅各式各样的问题：“古丽雅已经拍了好久电影了吗？你最爱哪一个角色呢？你满意自己的工作吗？”

“一点儿也不满意。”古丽雅说。

“啊，为什么？你不打算做一个女演员吗？”

“不打算。”

“这倒有趣。”女记者说着，在自己的笔记本上写下什么。

这一来古丽雅慌了，于是不再回答问题。可是女记者不肯罢休。

“干吗你不说话呀？拍电影很难是不是？”

“很难。”古丽雅最后回答。

“为什么难呢？”

“得站着一动不动，可是苍蝇叮脚。”

女记者把双手一拍，笑了起来。古丽雅自己忍不住，也微笑起来了。

“好，你念书怎么样？当然很好啰？”

“不好。”古丽雅说，嘴唇间的笑容马上不见了。

“真的不好吗？”女记者很惊奇，挪开笔记本。

古丽雅一句话也没回答。她不能够告诉她，说近来她觉得念书是件苦事情。

有一回，她放学回家，像个泪人儿似的。她把手一挥，将书包扔在沙发上，坐在窗台上用指头“笃笃”地敲玻璃。

“唉，”她说，“现在一团糟了！”

妈妈问她：“又出了什么事情啦？什么东西一团糟哇？”

“地理！”古丽雅回答，“今天叫我回答，我一点儿也不懂，我怎么回答得出来呢？！”

“为什么你一点儿也不懂？”

“我半年荒废了啊！”

她用手掌捂住脸，流起眼泪来了。

她哭着说："说句少先队员的老实话，现在我一辈子就要学一门地理。去它的，去电影的，这种倒霉事情都是它招来的！"

妈妈一声不响，瞧了古丽雅一会儿。

最后她说："好，古丽雅，咱们两人来认真谈一谈。你哭什么呢？"

"你知道我今天地理课上多丢脸，就不要问了！"

"这是谁的错呢？"

"又拍电影又念书——我不能够两件事情同时做啊！"

"那么别拍电影吧。"

"很可惜呀。"

"那么就停学。"

"妈妈，这是什么话！这怎么行？"

"为什么不行？像你现在这样念书，还是完全不念的好。不关电影的事。只怪你自己没有坚强的意志力。"

古丽雅委屈地看着妈妈，擦干眼泪。

"怎么没有？"她问。

"当然没有，"妈妈说，"世界上有多少人又要工作，又要学习呀。他们都很成功。可是你呢，你办不到。你带去整整一皮箱的书，可不能够叫自己翻开它们看。唉，有什么办法呢！看来只好帮帮你了……"

"怎么帮啊？"

"找个家庭教师什么的，给你补补课。"

古丽雅咬起嘴唇来了。

妈妈平静地说下去：“明天我去见你们校长，问问他能不能介绍一个大学生或者高年级学生，就是你们同班的优等生也可以。”

“不要，”古丽雅很轻地说，倔强地低下头来，“我不要。”

“为什么不要？这样你要省力些……”

“不要！”古丽雅再说一遍，坚决地站起来，“我不要家庭教师。还没到这地步呐。”

第二高度

古丽雅跟地理、历史、代数斗争了几个月，主要的是跟自己斗争。

好好地温熟第二天的功课，这好办，光光彩彩地回答一次，也不难。可是把一切错过的、漏掉的功课补起来，不断地追呀追，回过来学人家早已学好的东西，这样做实在需要十分坚强的意志力。

考试就要到了。

阳台的门窗大开，屋子里扑进来椴树和洋槐树的甜蜜香气。很近很近，就在静悄悄的路口过去，海在那里"哗哗"地响和波动着。在这样一个美好的日子里，特别是在你已经十三岁，岸边又有一只小船在等着你的时候，坐在家里可不太容易。

可是古丽雅把书摊在桌子上，把地图挂在墙上，跟朋友们一块儿温习功课，准备考试。

她开始庄严地讲述地理课本的第一章："咱们的祖国是世界上最大的国家。"

古丽雅管古丽雅讲述，她的两个朋友（她给她们两人想出了两个外号，一个叫油炸团子廖丽雅，一个叫煎饼李娜）也不浪费时间：李娜用绿铅笔涂地理课本上巴统岸边的棕榈树，廖丽雅在代数习题书的封面上画邮局局长施彼金的像[①]。

---

① 邮局局长施彼金是果戈理名剧《钦差大臣》里的人物。

古丽雅严厉地盯着廖丽雅和李娜看。

她说："图画不考试，地理你们要不及格了。你们连我说的也不听嘛。"

廖丽雅和李娜把铅笔放在一旁。

"什么话！我们怎么不听？你说吧！"

古丽雅迈大步，从一个墙角走到另一个墙角。

"坐上特别快车，从西面的边疆到符拉迪沃斯托克，把咱们的国家横跨过，得走十二昼夜……"

李娜想着说："那可好哇！坐在火车上走哇走，用不着什么地理……"

"哼，想一想吧，没有地理走不远的。"古丽雅说着，翻到课本的另外一页，"现在讲海。油炸团子，你想渡过海洋吗？"

"我只想渡过考试。你讲吧，我来记住。"

古丽雅讲海讲了很久，可廖丽雅和李娜用胳臂肘撑着桌子，听着真的海在窗外喧闹。

"出去游泳就好了！"李娜叹了口气。

"等一等，"古丽雅说，"来得及的。现在是山。你来讲吧。"

"我？"李娜慌了，"我只知道苔原的动物界。"

"你自己就是苔原[①]！好了，别偷懒了，讲吧。"

"你来开头，然后我……"

---

① 苔原植物稀少，这句话的意思是说她什么也不懂。

她们三人不时看看书，搞明白那些山。

“热啊！”廖丽雅哼唧着说，“咱们去吧，去游一会儿也好。头脑会清醒一点儿的！”

“不，”古丽雅强硬地回答，“学习就是学习！得把整本地理全给念完。”

“全给念完！一下子！明天呢？”

“明天复习。”

“到底什么时候游泳啊？”

古丽雅什么也不回答。

她把廖丽雅和李娜留在屋子里，直到下午5点钟。等到她最后把书“啪”的一声盖上，她们还不敢相信自己的运气。

“当真完了吗，古丽雅？”

“完了！现在到海边去吧！你们怎么啦——以为我不爱游泳吗？我比你们还爱呐。”

三个小姑娘沿着街道，朝着沉闷的“哗哗”海水声传来的方向，抢着跑过去。

一只白底子上有条红道子的小船离开了海岸。

“让它自己漂吧。”古丽雅说道，举起船桨，躺在船尾。

轻快的碧绿波浪有节拍地摇动着小船。带盐味的风好像冷手掌一样抚摸着小姑娘们发热的脸蛋，吹动她们的头发和领子。

古丽雅贪婪地咽下海上甘美的空气。

“唉，同学们，”她说，“活在世上多么好，多么有趣呀！”

李娜叹了口气说：“不错，只要没有考试就有趣了。”

古丽雅想了一下。

“不过我爱考试，”她慢慢地说，“虽然有点儿可怕，不过很好。”

“小古丽雅，你撒谎！”

“不，说老实话，我不撒谎。同学们，你们要知道，考试以前的感觉，我觉得就跟跳水前的感觉一样。起先觉得又冷又怕，可是等到跳下去——马上又热又快活了。”

廖丽雅耸耸肩膀：“嗯，有人觉得快活，也有人觉得不太快活。”

“快活不快活，全看你自己。”

考试的日子到了。这天早晨有点特别——天又蓝又干净，仿佛海风把它吹干净了，海浪把它冲洗过了。

古丽雅穿上刚熨好的白衣服。她很高兴衣服这样光洁——上面没有一点儿皱纹，没有一点儿脏。她仔细地照过镜子，梳好头发，就上学去了。

妈妈在窗口站了好久，瞧着她的背影。古丽雅以前只有去拍电影时，才会这样一门心思、快快活活地出去的。

课堂里一片肃静。黑板上有一幅苏联大地图，上面五颜六色：褐色、绿色、浅蓝色的东一块西一块。

慈祥的白头发的地理女教师维拉老师，穿着没见她穿过的过节衣服，正在考古丽雅的朋友廖丽雅。监考们用心地听着廖丽雅那仅仅听得出来、很低的声音。她手里的教鞭张皇失措地在地图上画来画去，好像不知道停在哪里才好。

坐在古丽雅旁边的李娜在古丽雅耳边恐怖地低声说："她弄糊涂啦！我也要弄糊涂的。唉，我多么怕呀！你呢？"

古丽雅想了想："我怕吗？"接着她回答说："不，不怕！"

古丽雅一听见维拉老师叫"古丽雅！"马上就离开座位冲出去。孩子们当中，有人甚至笑起来。可是她头也不回，向着主考人的桌子冲过去，好像这不是一张桌子，而是她无论如何要跳过的一道高栏。

她觉得维拉老师在旁边瞧了瞧她，一副提心吊胆、很不放心的样子。古丽雅马上想起那一个丢脸的倒霉日子，那天她低着头，就站在这张"哑"地图[①]旁边，指不出一条河，指不出一座山来。真奇怪：那时候这幅地图的确是哑的，它对古丽雅一句话也不说，真正一声也不响，可是现在呢，只要瞧瞧它，它就用自己的每一根直线，每一根曲线，开始提醒她和告诉她了。

维拉老师说："古丽雅，拿试题吧。"

古丽雅的心跳了跳，一下子停住了。她看看一张张同样的小纸。

她想："我拿哪一张好呢？好吧，就拿这一张吧——左面第三张。"

她打开纸来大声念："苏联的东西伯利亚地区。"

她的记忆很听话，马上在她面前翻开课本里的一页，那一页上写着："东西伯利亚这一个群山起伏的地方，位置在叶尼塞河和太平洋沿岸之间。"

古丽雅尽力不照书本上一个字一个字背，一口气就讲出来了。

---

① "哑"地图是不标地名的暗射地图。

长教鞭跟着她的叙述，在地图上轻快地滑来滑去，一会儿指着代表河流的黑曲线，一会儿指着代表湖泊的淡蓝色小块。

维拉老师听着她讲，先是担心，接着奇怪，后来露出一种特别的、沉思的微笑。古丽雅刚放下教鞭，维拉老师就像征求意见那样，自豪地看看监考们。她仿佛想问他们："你们看见了，她怎么样？"

监考们异口同声地说："好得很！好得很！好极了！"

古丽雅把教鞭放在桌子上，静静地回到自己的位子上去。她的脸蛋发烧，嘴唇继续不自觉地在动——它们大概还在讲着东西伯利亚的事情。

她像一阵狂风那样飞跑回家。

"妈妈！'好极了'！"她没进门就嚷嚷。

忽然之间，她好像被什么意料不到的念头镇住，不响了。她坐在桌子旁边，用一只手撑着头。

妈妈问她："小古丽雅，你在想什么？"

"我不知道怎样对你说才好，"古丽雅一面想一面说着，"我有点儿悲哀。"

"悲哀？"妈妈吃了一惊，"为什么？你今天是取胜的人呐。"

"不，不是悲哀。我说得不对。是有点儿空虚。你明白吗，我忙了这些个日子，又赶，又怕不及格。现在好像从开着的火车上一跳就跳下来。到了！没地方再要前去了。"

妈妈摇摇头。

"哪儿的话呀，古丽雅！怎么到啦——你的路才开头呐，难道你自己不觉得吗？”

“不错，当然觉得，”古丽雅说，“可是妈妈你要知道，今天考试，不知道怎么的，使我想起了那回跳栏的事。你记得《游击队的女儿》那部片子吗？那时候，灰毛差点儿没把我给摔下来。要不是我生气，它就要摔了。”

“现在你生谁的气呢？”

“生自己的气……你差点儿还要给我请一个家庭教师，这是说笑话吗？家庭教师！……”

“古丽雅，我只是吓唬你罢了。”

“你真坏，你知道拿什么来吓唬我。嗯，我吓是吓着了，胆子可吓大啦！我把第二道栏跳过了。”

“小古丽雅，这道栏比上回的高。往后的还要高呐。”

“我会跳过的！”古丽雅嚷起来，忽然把那卷地图扔向天花板。

“别闹，古丽雅，你多么不看重地理呀！”

古丽雅快手快脚地接住落下来的地图。

“不，我看重它，我尊敬它。不过我要把这些地图都给藏得远远的，一直藏到秋天！连课本也一块儿给藏起来。”

四方的来信

可是地图和地理书，古丽雅又用着了。甚至很快就用着了。

她开始收到一些奇怪的来信，如果手头没有苏联地图和有过功劳的旧地理课本，这些来信是不容易搞明白的。

从咱们国内的四面八方，有数不清的信寄到电影厂来给古丽雅。古丽雅把地图看了又看，查省份，查城市，看这些信是打哪儿来的。

敬爱的女演员古丽雅：

您演的片子，我看了说不出的激动，不光我一个人这样，我所有的同志——远东的红军都这样。也许您能够到我们这儿来，看看我们远东人在这山间是怎样过活的吧？我的服役期限快满了，以后我要回到自己沃龙涅什省的集体农庄。如果您现在不能上这儿来，那么到了那时候，请一定上我们的集体农庄去。您就要看到我们在那边过上多么美好的生活了。我要把一切指给你看。我们的经济富裕了，我们要把它发展得更好。再见啦，敬爱的女演员古丽雅！

您永远的朋友

古丽雅看着祖国的边疆——远东，心想，在那么远，远得可怕的地方会有人知道她这个敖德萨的学生，这是多么奇怪、多么不可思议呀！

接着她在地图上找到了沃龙涅什省，她拿定主意，什么时候一定要上这个集体农庄，上这个建设了这样美好生活的集体农庄去玩玩。

可是等到古丽雅拆过第二封、第三封、第四封信，她就不知道怎么办好了。她被邀请到各处去玩：到苏梅城去，到波尔塔瓦去，到老远的塔什干去，甚至到阿尔汉格尔斯克去……苏梅城的共青团员写信给古丽雅，说她“把自己的角色演得惟妙惟肖”，又说她只要继续提高自己，一定会成为“人民演员”的。

每一个写信给古丽雅的人都讲到了自己，讲到了自己的生活。

念这些信非常有意思，简直令人入迷。

可是有一封信特别使她为难，这封信是一些当海员的共青团员从太平洋上寄来的。他们写信告诉古丽雅，说他们航海的时候，在船上的“红角”[①]里找到了一份报纸，上面有古丽雅的相片。

从这封信的口气来看，他们跟别的许多人一样，也把她当作一个成人演员，演的小姑娘角色。他们请求天才的年轻女演员古丽雅同志详细地给他们讲讲演员的生活，讲讲自己的创作构思，讲讲她演过或者预备演的片子。古丽雅念完这封信，思索起来了。

她说：“妈妈，你告诉我怎样回信吧。”

“什么？”

“他们以为我是大人呐。是的，是的，大人！他们希望我写信告诉他们演员的生活和创作构思什么的。关于这些，我能写什么呢？”

---

① “红角”是文化室。

“没关系，”妈妈说，“你照实写出你今年几岁，念几年级——没什么创作构思。如果你硬装得比实际年龄大，比实际聪明，信就要写得不聪明了。”

古丽雅就这么办。她给海员们写了一封详细的信，谈到自己的生活，谈到自己的学校，谈到最近的考试，谈到自己好久没拍电影了。在旁边她加上几句：

“军舰上总有海员们心爱的东西，有小野兽，这是真的吗？你们船上有什么小狗熊或者小狐狸没有？我是个老资格的少年自然科学研究组组员，爱各种动物，从刺猬和白耗子起，一直到象为止。”

古丽雅马上收到了几封回信。海员们认认真真、恭恭敬敬地给这位“老资格的少年自然科学研究组组员”写信，写船上的生活，写太平洋海底有花一样的稀奇动物，写海底有多么奇妙的生活。

可惜的是船上没小狗熊，没小狐狸，更不用说象了。在动物界的一切代表中，船上只有一种，就是一只最普通的猫，叫瓦西卡。它只有一点很了不起，是两次完成了环球旅行，在古巴岛上捉过耗子。

“太平洋，”古丽雅站在地图旁边，念一大块淡蓝色上面的名称，“古巴岛。”

古丽雅想到漂洋过海的苏联轮船，已经在梦想自己赶快长大，也到远方去进行一次长途的旅行。

她的梦想实现得比她期望的早。虽然，她动身要去的地方并不太远，不过是到克里米亚去，可是这一次出门，在某一种意义上来说，可以算得上是真正的长途旅行。

阿尔迪克

“亲爱的爸爸，我快乐极了——我要到阿尔迪克[①]去！这是我拍电影得到的奖赏，也是我升到八年级，成绩优良得到的奖赏……”

古丽雅坐在桌子旁边，急急忙忙地写信。在她旁边的椅子上，放着一个打开的空皮箱，沙发上整整齐齐地摆着古丽雅所有朴素的“衣装”——考试穿过的白连衣裙、没袖子的花长衣、汗衫。

“……想想吧，亲爱的爸爸，我要坐轮船到雅尔塔，在那里坐汽车到古尔祖夫去！我们在家里，现在当然是光讲阿尔迪克的事情啰，我连东西都已经收拾好了，虽然今天才二十三号，我要到一号才走。要等那么久！我拿到了入营证，是下营，这营就在海边。那儿美丽极了！我说不出的高兴！”

这个星期一天一天地慢慢拖过去。古丽雅觉得她表上的针好像没动过，停在那里。古丽雅老是把表凑到耳朵旁边，仔细地听它走不走。

可是在生活当中，什么事情都会一步一步到来的。

于是古丽雅到了阿尔迪克。

日子飞过去，一天比一天快。

周围是新奇的地方，新奇的人。

孩子们从四面八方来到阿尔迪克。这里有西伯利亚人，有高加索

---

① 阿尔迪克，亦译阿尔捷克，黑海边上一个少年先锋队夏令营。

人，有白俄罗斯人，有乌兹别克人……好听的乌克兰话跟伏尔加河流域居民的“哦哦”声混合起来了。营火旁边，一会儿跳俄罗斯舞，一会儿跳高加索舞，一会儿跳白俄罗斯舞，一会儿跳乌克兰舞。歌儿差不多用我们国家所有的话唱出来。

到这里来的儿童当中，有出名的少年先锋队队员巴腊斯比——达格斯坦的优秀骑手，有马姆丽雅卡特，她因为棉田上的工作得到过奖章，跟斯大林同志合照过相片。

古丽雅教马姆丽雅卡特唱俄罗斯歌，跳俄罗斯舞，巴腊斯比教古丽雅像骑手那样骑马。

“唉，要是我现在在银幕上表演跳栏就好了！”古丽雅想起第一回跳栏弄得她多苦恼，“让大家看看高级的骑马技术就好了！”

为了这“高级的骑马技术”，古丽雅有时候不得不耍滑头。时间不够，她就在睡午觉时间里偷偷溜出来，睡午觉时间于是变成她一天当中最活跃的时间。

可是她碰到了一个意外的阻碍。马姆丽雅卡特发觉她偷偷出去，既然别人不睡午觉，她也就坚决不肯睡午觉。她这人也是不怎么爱睡午觉的。

这一来古丽雅慌了。尤其是在马姆丽雅卡特之后，又有两个小姑娘不愿意睡午觉。可是古丽雅也不肯就此罢休，不再骑着马在山间气昂昂地散步！

在这种困难情况当中，古丽雅想出了一个摆脱办法。她和所有的孩子一块儿，听话地待在黑沉沉的屋子里。等到旁边的人睡着了，她才偷偷起来，踮起脚尖溜到门口。门外照着耀眼的南方太阳。

巴腊斯比正在公园的围墙外面等着她。他骑着一匹栗色马，拉住另外一匹马的缰绳，那匹马的颜色稍微淡一些。

那马在太阳光里，整个儿是金色的。它不耐烦地换脚，踏出很响亮的马蹄声，伸长了脖子，好像跟巴腊斯比骑的那匹马在低声咬耳朵。

古丽雅跳上马鞍，觉得现在这样做已经不费什么劲，心里又神气，又快活。

巴腊斯比一声不响，拉拉马缰，于是两人并排在山路上跑起来了。

微微的凉风给他们迎面送来薄荷和百里香的香味。右边又深又黑的悬崖后面，黑海海湾蓝蓝的，像钢一样闪闪发亮。左面，耸立着长满青苔的峭壁。

古丽雅让马停在小窄路上，说：“今天得早点儿回营。要是发觉咱们睡午觉的时候溜出来，咱们可就糟了。”

“他们会把咱们怎么样呢？”巴腊斯比微笑了一下，“打吗？”

“不打，可是罚咱们待在营里。你也知道，明天是什么日子啊！”

“明天是好日子！”巴腊斯比同意她的话。

下面喇叭还没响，两个孩子已经先回到营里。他们把马送回原来的地方，各自回到自己的大房子里去。古丽雅神不知鬼不觉地溜上床了。

马姆丽雅卡特闭着眼睛躺在一旁，很匀称地呼吸。

古丽雅想：“好极了！没人发觉。过去了！”

可是睡着的马姆丽雅卡特，脸上忽然露出狡猾的笑容。

她伸了伸懒腰说：“我做了个什么梦啊！”

古丽雅不打搅旁边的人，轻轻地问她："什么梦？"

"我做了个这样的梦……好像所有的孩子都睡了，可是你跟巴腊斯比骑马……一个不好的梦，一个不老实的梦。"

"这件事情你怎么知道的？啊，马姆丽雅卡特？"

"我就是知道。你起来，我也起来。你到公园里去，我也到公园里去。接着你骑马走了，我向你招手，在后面走。"

"马姆丽雅卡特！好朋友！我这是最末一回了。我自己也知道不好。可是你明白，我多么需要学会骑马呀！多么需要哇！什么时候学呢？所有的时间咱们都排定了——早饭、中饭、队会、游泳、划船、远足、营火会……根本没时间。"

马姆丽雅卡特轻轻地问她："你为什么瞒我呢？"

古丽雅觉得自己很不对，说："这实在不好！我不爱瞒人……我不再瞒你了！你相信我吗，马姆丽雅卡特？"

"相信，相信，"马姆丽雅卡特说，"你别生我的气……也别生自己的气了！"

她亲热地拥抱古丽雅。

第二天早晨，三艘白帆船从阿尔迪克海湾出发，一艘一艘开到海里去。

帆船朝苏克－苏走。在那边一座树木浓密的花园当中，藏着一座白色的别墅，莫洛托夫[①]同志今年正在这别墅里避暑。孩子们都知道这

① 莫洛托夫当时任苏联人民委员会主席。

件事情，一直希望有个机会可以在海边，或者在路上突然碰到他。

希望到底只是希望。可是他们忽然听到，说莫洛托夫同志请他们上他那里去玩。

阿尔迪克的孩子们穿着过节的海军装，手里捧着鲜花，站在船边，慢慢儿地靠岸。风吹动他们海军帽子上的小飘带和海军装的蓝色翻领。

帆船靠在岸边。小客人们从摇摇晃晃的跳板上岸，沿着花园的小路走去。

总辅导员廖瓦在路上回过头来说："孩子们，你们要听我的指挥。大家听到口令'一、二、三'就要一起叫：'阿尔迪克的孩子们向莫洛托夫同志致敬！'留心点，别叫我为难呐！"

可是阿尔迪克的孩子们还没准备好庄严的见面礼，已经有人很轻、很和气地叫他们了。

"喂，好哇，孩子们！都来了吗？"

这一位就是莫洛托夫同志。

他穿着白色的夏天衣服，站在路边，用手挡住太阳，看着孩子们。

廖瓦手足无措地东张西望，忘记了原先约好的口令，独自一个人嚷着说："阿尔迪克的孩子们向莫洛托夫同志致敬！"

孩子们有先有后地接上去叫。声音很响，可是不很齐。廖瓦慌了，孩子们慌得更厉害。可是莫洛托夫同志只是微笑了一下，就把大家领到他白色的别墅里去。

大家在凉台上围住主人。

古丽雅瞧着他，不相信自己的眼睛。

“真奇怪！我们在莫洛托夫同志身边。真难以设想！他就在这里，真的、活的、不是相片里的。多熟的脸呐！连声音也跟我想的完全一样，又平静，又安详……”

莫洛托夫同志用平静安详的声音，不急不忙地问孩子们在夏令营里怎样生活，怎样休息。

孩子当中有人说：“我们去远足。到过熊山！”

“他们买马给我们骑！”巴腊斯比说，“好马。”

莫洛托夫同志听见他带喉音的话，向他转过脸去。

“啊，老朋友！”他说，“嗯，你好哇，巴腊斯比？”

巴腊斯比高兴得脸也红了。

马姆丽雅卡特胆小地问：“您还有点儿记得我吧？”

“自然，自然，记得清清楚楚！”

马姆丽雅卡特用力抓住古丽雅的手。她跟古丽雅说过好几回，说她跟巴腊斯比一块儿，在克里姆林宫被接见，见过斯大林和莫洛托夫本人。

马姆丽雅卡特问道：“斯大林同志好吗？”

“谢谢你，马姆丽雅卡特，他很好。”

这时候，莫洛托夫同志的女儿斯魏特兰娜走到外面凉台上来。

“你看，”她的爸爸对她说，“这一位就是你在相片里见过的马姆丽雅卡特。这一位是巴腊斯比。”

“就是他们吗？”斯魏特兰娜轻轻地问着，跟他们两人拉手。

谈话越来越活泼，越来越自然。孩子们胆子大起来了，抢着把阿尔迪克的新闻告诉莫洛托夫同志和他的女儿。

“我们的网球场造好了。很快就要赛球啦——上营对下营。莫洛托夫同志您来看吗？我们要请您看所有所有的东西——我们的飞机模型啦，我们的新玩具馆啦。”

莫洛托夫同志笑着问：“这又是什么东西？”

“这是像图书馆一样的东西……不过里面放的不是书，是各式各样的玩具……”

“真不得了！”莫洛托夫同志好像很惊奇的样子，“我们从前也玩的，可没什么玩具馆。”

有一个少年先锋队队员说：“那是革命以前呐！”

莫洛托夫同志笑起来。

“不错。”他说着叫大家去吃中饭。

吃饭的时候，有人告诉莫洛托夫同志，说古丽雅拍过电影，拍过《梁赞农妇》、《游击队的女儿》等片子。

有一个少年先锋队小队员问：“莫洛托夫同志，您常去看电影吗？”

“怎么不去，常去的。”

“怎么我一回也没见过您呢？在哪一家电影院里也没见过您。我也是从莫斯科来的啊。”

莫洛托夫同志微笑着说：“嗯，莫斯科很大，碰不到不奇怪。”

大家笑起来。

桌子上摆上水果的时候，出了一件有趣的事情。一个最怕难为情、胆子最小的少年先锋队队员要拿橘子，可是错拿了一个大柠檬，一口咬下去。

这队员恰巧坐在古丽雅对过，古丽雅看见他那张龇牙咧嘴的脸，吓了一跳。他的脸皱得一桌子的人都注意到了。

莫洛托夫同志问他：“你怎么啦？”

古丽雅说：“他吃了柠檬！”

那少年先锋队队员低声说：“我不是有意的。”

有人提议：“快给他吃糖。”

大家把糖盅拿到这位少年先锋队队员面前，莫洛托夫同志亲自把一个大橘子、一个大苹果放在他的盘子里。

客人们吃过中饭，吃够了水果和冰淇淋后，莫洛托夫同志站起来问：“好，接下来咱们该做什么？在夏令营里，你们这时候做什么？”

孩子们异口同声地回答说：“做‘绝对’！”

“什么？这是什么？”莫洛托夫同志微笑了一下。

孩子们解释说：“午休时间。辅导员老对我们嚷‘绝对肃静！’这一来，就出了‘绝对’这个字眼了。”

“好，这么说咱们要‘绝对’了，”莫洛托夫同志说，“咱们大家一块儿休息吧。”

孩子们嚷起来：“还是不要休息好！这里没医生啊！”

“不，一定要休息，”莫洛托夫同志严肃地说，“要是医生知道了，你们和我都要挨骂啦。”

大家于是又快活又吵闹，成群到花园里去。

在花边一样的树叶阴影里，在粗大的老树干之间，有些轻便的白吊床和矮矮的白帆布椅。

莫洛托夫同志说："好，爱躺在哪儿就躺在哪儿吧。我等你们休息过，睡足了再来。"

他跟孩子们说了句笑话，就走了。

古丽雅很小心地躺在吊床上，免得弄皱海军装的翻领和白裙子上的皱褶。头顶上，透过浓密的绿树枝网，露出蓝蓝的天空。古丽雅闭起眼睛（要知道是莫洛托夫同志吩咐睡觉啊）。可是怎么睡得着呢？在这样一个日子，浪费一分钟都是可惜的。

古丽雅一下子跳起来。她看见一个孩子也没在睡觉。这里那里，吊床到处摇来摇去，孩子们在互相低声谈话。

忽然有人很着急地悄悄讲了一声："莫洛托夫同志！"

所有的人马上静下来重新睡觉。古丽雅也赶紧躺到自己的吊床上，闭上了眼睛。可是莫洛托夫同志已经全看见了。

他说："孩子们，你们的'绝对肃静时间'实在吵得很。"

"这样的时间用来睡觉，太可惜了！"古丽雅回答说，"怎么也睡不着。"

莫洛托夫同志摇摇头。

他说："好，既然睡不着，去快活快活吧。"

孩子们接上去说："去快活快活吧，去快活快活吧！"

就在花园里的青草地上，当中放了一把椅子，上面坐着一个小手风琴手——科斯特罗马来的一个少年先锋队队员。手风琴很重，他两只手勉强把它抓住。

大家围住这位手风琴手，看他严肃地、熟练地用细长的指头按琴键。

莫洛托夫同志提议说：“大家来合唱一支歌吧。”

孩子们你看看我，我看看你。

“《阿尔迪克之歌》。”有人轻轻地说，于是花园里唱起了夏令营的小歌儿，这歌儿不复杂，用的是《仙鹤歌》的曲调。

这歌的第一段，是阿尔迪克的创始人——一位老军医创作的。第二段是最早参加阿尔迪克夏令营的孩子们想出来的，这支歌一届一届地传了下来。

我们晒太阳，
晒成黑人一个样。
我们的阿尔迪克，我们的阿尔迪克，
我们永远把你记得！

在阿尔迪克的尖尖上，
藏着个苏克 - 苏地方。
我们的阿尔迪克，我们的阿尔迪克，
我们永远把你记得！

莫洛托夫同志很喜欢这支歌，特别是关于苏克 - 苏的一段。

他说：“看来苏克 - 苏碍着你们，得把它搬到别的地方去，叫它不要突在阿尔迪克的尖尖上。不过这件事情怎么办呢？好吧，我们来想一想，我们来想一想。”

可是小手风琴手已经在拉另一支曲子——一支兴奋的跳舞曲子。

孩子们的脚不由得踏起来，肩膀一晃一晃。

忽然有两个最勇敢的男孩子冲出去，开始屈着腿跳舞。所有的人让开，空地上的人自然而然地围成了一个圆圈。

古丽雅站在第一排，轻轻地踏脚。她也很想跳舞，可是她的女朋友一个也不出去。第一个出去总有点儿不好意思。

可是完全没想到，这时候有人在后面把她一推，她站不住脚，就冲到圆圈的正中心去了。

哈，这一来就不管三七二十一啦！

她挥挥小头巾，在小空地上飞跑起来：一会儿转身向这个跳舞的人跑去，一会儿转身向那个跳舞的人跑去，在他们中间穿过，一会儿走近他们，一会儿离开他们。她觉得一切东西都在跟她一块儿跳舞——草地周围淡蓝色的银松、别墅顶上的白色高塔，甚至天空……

孩子们跳舞，唱歌，轮流念诗，一直玩到天黑。那时候，烟火一支接一支飞上傍晚深蓝色的天空，散出五颜六色的火花。整个天空好像活跃起来了。高空的烟火每次一亮，云彩的轮廓就勾画出来，地面上埋在黑暗中的树木花丛也就显现出来。

帆船离岸的时候，月亮已经出来了。

古丽雅瞧着被月光照成淡蓝色的、逐渐退后的海岸，心里想：“为什么给我们这样的幸福呢？我们凭什么来享受它呀？啊，我亲爱的祖国！我要为你做一切事情，为了你，我什么也不吝惜！”

到莫斯科去，到莫斯科去！

整整一个月，快快活活地不知不觉过去了。周围有这许多新的事物，古丽雅不知道先看什么好，不知道先做什么好。

离开的日子越来越近了。

古丽雅觉得时间不够，动身以前，她希望先做好成千件事情——给方志博物馆收集阿尔迪克的石头，跟巴腊斯比再学几种特别复杂的骑术，为了得到“劳动与卫国制”证章而把各项运动考及格。

差不多所有的项目都已经及格——像游泳啦，划船啦，现在只剩下古丽雅觉得最难的东西——射击和扔手榴弹了。

她表上的针什么也不管，现在走得好像特别快……

最后一次告别营火会的营火已经熄灭了，全夏令营忽然传遍一个惊人的消息，说是全下营的人——包括所有的两百个少年先锋队队员和他们那些辅导员——被邀请到莫斯科克里姆林宫去见莫洛托夫同志。

这一个幸运落到了所有莫斯科人的身上，也落到了要路过莫斯科的那些孩子们身上。可是古丽雅要回敖德萨去了。

她听到了这个莫斯科来的电报，一夜没睡着。她太希望到一到克里姆林宫，再见一次莫洛托夫同志了！况且她好久没到莫斯科，想爸爸想坏啦！可是怎么去呢？得请求爸爸和妈妈答应啊。万一他们不马上回信，孩子们不等她就去了呢？已经是九月六日了，大家十五日就要走。怎么办？打电报吗？可是打电报不能把所有的话说出来，也不能详细解释她多么想去，这件事情多么必要，多么重要。只好写信：一封给在莫斯科的爸爸，一封给在敖德萨的妈妈。

“不贴邮票寄去，”古丽雅拿定了主意，“欠资信也许到得快点儿。”

天刚亮她就起来，亲自上邮局去寄这两封充满恳求的信。

信寄出以后，一天天叫人担心害怕。爸爸答应，妈妈不答应怎么办？或者反过来又怎么办？或者他们决定先互相通信问一问呢？信这样一来一去，孩子们已经上莫斯科去了！

每次送信的人来，古丽雅都跑去看，古丽雅一天跑进夏令营的办事处十次，去看一大捆一大捆的信。正在她已经觉得不会有回信，也不可能有回信的时候，却来了两封电报：一封是莫斯科来的，一封是敖德萨来的。

爸爸的电报上说“盼着你我亲你”。

妈妈的电报上说“到莫斯科去吧别耽搁了我亲你”。

古丽雅挥着两封电报，跑进花园，要把自己的幸运告诉大家。

在克里姆林宫

火车在乌克兰的草原和田野上飞跑。车窗外面，已经在落枯黄叶子的杨树向后急奔。

“开得快点儿吧，开得快点儿吧！”古丽雅催促火车，她巴不得乌克兰的白茅屋、风车的翼子——一切她非常心爱的东西，这一回快点儿让位给木房子和红树干的可爱松树。

到了最后一个晚上。窗外月亮出来了，真奇怪，它虽然一动也不动，可也不会落在火车后面。

古丽雅躺在窗子旁边想：“再走九个钟头就到莫斯科了。”巴腊斯比硬邦邦的手从上铺碰碰她的肩膀：“古丽雅，睡着啦？莫斯科快到了。”

这天夜里，一个孩子也没睡着。大家都迷迷糊糊地听着车轮“克勒克勒”响。一会儿这个孩子，一会儿那个孩子把窗帘撩起来朝窗外看。外面一片黑，红火星一闪一闪的，窗子映出去的一方块一方块亮光在地上跑。

莫斯科终于到了。站台上的木板在乘客的脚底下“噔噔”响。站台上的人把路让开。

“让少年先锋队队员们过去吧！”

阿尔迪克的孩子们坐上新的蓝色团体汽车，穿过莫斯科城。

古丽雅熟悉所有这些街道，认得出每一座她离开以后盖起来的新房子。

汽车停在旅馆门口。

一大群快活的孩子挤满了大厅。

旅馆！住在只有来出差的大人才住的旅馆里，多有趣呀！

古丽雅从自己房间的窗子看出去，又见到了克里姆林宫。尖塔上的钟，黑色字盘上的金色指针正接近“10”这个数字。

等到明天，还要等多么久哇！

古丽雅打电话给正在工作的爸爸——打到戏院里去：“好爸爸，你快来。要不然，咱们要到后天才能见面了。今天我们上少年先锋宫去，明天我们上克里姆林宫去！”

接着她打电话给爱利克：“小爱利克！我到这里来，真的好吗？我后天来看你们。明天我们上克里姆林宫去。你明白吗？啊，今天我们要上少年先锋宫。唉，爱利克，我多么怕呀！他们派我向莫洛托夫同志念致敬词。”

……斯巴斯基塔上的金色指针指着晚上 9 点钟。古丽雅刚从少年先锋宫回来。她望出窗子，瞧着灯光照耀着的宽阔街道。

“今夜快过去吧！”

克里姆林宫上的五角星，像亮晶晶的红宝石一样，在秋夜的黑天空里闪耀。那边的一面红旗，就是她很小很小的时候叫作“小火”的。

天终于亮了。一辆辆新的团体汽车挤满了穿海军呢节日盛装的男女孩子，开进克里姆林宫的大门，沿着两旁种枞树的林荫道前行。

在平时开政府会议的大宫，椭圆形的大厅里早摆好了茶点，等着晒黑了的快活客人到来。

这里一些桌子，开会的时候是坐在它们旁边决定最重要的国家大事的，现在它们上面摆着一块块巧克力糖、一个个装着梨和葡萄的高脚盘。孩子们不知道怎么样好，挤在一块儿，瞧着又高又重的门。

古丽雅轻轻地问："巴腊斯比，你到过这大厅吗？"

巴腊斯比四面望着，说："好像到过，我记不得了。那时候我只看见斯大林同志一个人。"

"你呢，马姆丽雅卡特？"

马姆丽雅卡特打双手捧着的从阿尔迪克带来的一大把花后面望出来，回答说："我也只看见斯大林同志。"

"向阿尔迪克的孩子们致敬！"古丽雅忽然听见什么人又熟悉又快活的声音说。

莫洛托夫同志！他跟在克里米亚的时候一样，不过现在穿的不是夏天的白衣服，而是黑色的。

整个大厅响起欢呼声和致敬声。马姆丽雅卡特把花献给莫洛托夫同志。

莫洛托夫同志微笑着说："你们好哇，孩子们，你们好！"

他记得，认得，甚至叫得出许多人的名字——米沙、阿廖沙、马姆丽雅卡特、巴腊斯比。这些孩子觉得十分幸福。

孩子们低声说："古丽雅，古丽雅，上前吧！"

古丽雅于是上前，用一种有点儿异样的声音，把她的致敬词念出来。

莫洛托夫同志仔细地听她的话。接着他抱着古丽雅和巴腊斯比的肩膀，说："好，孩子们，讲讲咱们分别以后，你们在阿尔迪克的事情吧。谁愿意讲？"

孩子们红着脸，你看我我看你。在那边莫洛托夫同志的别墅里，他们不拘束，可是在这庄严的克里姆林宫大厅里，说话是怪可怕的。

莫洛托夫同志问："谁先讲，谁是这里最勇敢的人？"

孩子当中有人嚷了一声："巴腊斯比！"

"巴腊斯比，巴腊斯比！"

"古丽雅！"古丽雅背后有人说。

古丽雅回过头来害怕地说："我刚说过话。"

可是巴腊斯比已经上前。他大胆地径直往讲台走去，讲台上写着"报告席"。

大家都静下来。做报告的人站在高高的讲台后面，仅仅看得见头。他两只脚换来换去，一口气讲了起来："我们在阿尔迪克好好地休息过了。我们在阿尔迪克休息得非常快活。现在我们要用新的力量来进行学习和少年先锋队工作……"

说到这里他停下来，不知道接下去说什么好，窘得很。莫洛托夫同志来帮他的忙。

他问道："你们在阿尔迪克到底做了些什么事情呢？在海里游过泳吗？"

"游过！"

"坐过小船、快艇吗？"

“坐过！”

“上过熊山吗？”

“上过！”

“那么什么时候休息呢？”

巴腊斯比笑着说：“这些就是休息。”

“啊，原来如此，”莫洛托夫同志笑起来，“现在我明白了，这就是休息。”

大厅里的人也都笑起来。

巴腊斯比断定，他“报告”里所有的问题都已经讲完了，就走下讲台，跑回自己的位置上去。

“现在，孩子们，”莫洛托夫同志说，“把你们的《阿尔迪克之歌》再唱一遍吧，就是你们夏天在苏克－苏给我唱过的那一支。”

孩子们静了一会儿。在这样庄严的大厅里唱热情的夏令营歌，有点儿怪。

可是有人唱出来了：

我们晒太阳，
晒成黑人一个样……

所有的人接上去唱：

我们的阿尔迪克，我们的阿尔迪克，

我们永远把你记得！

莫洛托夫同志说：“你们好像没唱完，我记得歌里面有一段关于苏克－苏的。”

孩子们笑起来，齐声唱下去：

在阿尔迪克的尖尖上，
藏着个苏克－苏地方……

“我明白了，我明白了，”莫洛托夫同志微微笑了笑，“嗯，看起来，只好把苏克－苏送给阿尔迪克了。就这样吧，从今天起，它是你们的了。”

“谢谢！”孩子们没料到这件礼物，于是嚷了起来。

还是不久以前，他们只能从阿尔迪克的岸边，远远眺望那条一直伸到海上去的狭长地带。这就是苏克－苏海角，海角上有一座白色的别墅，隐藏在花园的浓密绿荫中，莫洛托夫同志就是在这座别墅里招待过他们的。

现在这一个海角、这一座多荫的花园、这一座白色的别墅——全都送给他们，送给阿尔迪克的孩子们了！

巴腊斯比说：“莫洛托夫同志，我们从阿尔迪克也给您带来了礼物呢。”

大厅墙犄角一张小桌子上，已经摆着一盒盒采集来的东西，汽车、气垫列车、潜水艇和飞机的模型。

马姆丽雅卡特说："这些东西全是我们自己做的。"

一个皮肤晒得很黑的少年先锋队队员把一个磨光的小箱子递给莫洛托夫同志，说："这是克里米亚矿石的标本。请您把这小箱子转交给斯大林同志。"

莫洛托夫同志小心地接过礼物，严肃地回答说："我们会转交的，一定转交。"

少年地质学家停不下话来："还请您告诉斯大林同志怎样使用这个箱子。使用这箱子得知道一个奥妙机关……机关是这样的，这块五颜六色的小石头旁边，有一个勉强看得见的小按钮。只要把它一按，小灯马上就亮，各种矿石的名称也就能够念出来了。您看见了吗，莫洛托夫同志？"

"看见了，看见了，"莫洛托夫同志安慰这个少年先锋队队员，"我们全都替你转告斯大林同志。"

他们谈话的时候，古丽雅用心地瞧着莫洛托夫同志。她想从他的眼睛里、从他的脸色上猜出来，他喜欢不喜欢这些琢磨得光光的五彩石头。要知道这些石头当中，也有她在阿尔迪克岸边辛辛苦苦收集来的小石头呀……

像在苏克－苏别墅那样，余兴节目很快又开始了——又唱歌又跳舞。巴腊斯比第一个在大厅里大胆地跑起来。

"阿萨！"他嚷着，两只轻快的脚在打蜡的地板上滑走。

一大群穿五颜六色无袖长衣，像是套人木偶的小姑娘跑到大厅中央。她们团团转地跳圆圈舞，唱快活的歌。

大厅里所有的人都拍着手，异口同声地接唱重唱句：

好好好，

好得不得了！

真的，这天孩子们觉得是好得不得了。

晚上古丽雅和爸爸见了面。

爸爸问她："怎么样，小古丽雅，演讲词念出来没有？"

"念是念出来了，可全不像预先想的那样。要糟糕一百倍。叫我再到克里姆林宫去一趟就好了！"

"唉，有什么办法呢，你已经尽你的能力念了。别难过啦！"

"我不难过，只是可惜。你知道吗，爸爸，苏克－苏送给我们了！"

"怎么把苏克－苏送给你们了？"

"是的，全都送给我们了——连同所有的房子、所有的树木、所有的小船！"

十月儿童[①]的辅导员

古丽雅回到了家，回到了敖德萨。

“咱们家里变得多厉害呀！”她东张西望地对妈妈说，“天花板变低了，还是怎么的？”

“也许是你长高了吧？”妈妈笑着回答。

已经是秋天了，可是古丽雅觉得，到阿尔迪克和莫斯科去旅行的这个绝妙的、过节一样的夏天还没完。

古丽雅回到敖德萨第一天，廖丽雅和李娜就来看她，三个小姑娘一块儿去看电影节的片子。

电影节持续了十天，每天给孩子们演两部片子，古丽雅每次都肿起了眼睛回家。

“古丽雅，你听我说，”最后妈妈对她说话了，“你这样玩了又玩，到什么时候才完呢？你什么时候才开始做功课啊？你到底打算怎么样——难道整年闲着过去，临到考试才开始看书吗？”

“不，妈妈，”古丽雅严肃地说，“你要明白，我自己也玩腻了，正想做点事情。可是没我，孩子们就不能去看电影。我给他们解释拍电影的秘密呐。”

“你不解释他们也能看电影的，”妈妈说，“可是你今天再不坐着做

---

① “十月儿童”指尚未加入少年先锋队的一至三年级小学生或学龄前儿童。

功课，明天到学校里又要有非常不快活的事情了。比你那回‘地理的事情’还糟呐。这个你要知道。”

古丽雅不回嘴。她自己也已经觉得，早就该开始用功学习了。过了一长串热烈的、过节般的日子，现在安静的、劳动的、有秩序的工作日终于来啦，她想起这点，甚至觉得快活呐。

古丽雅于是开始学习。在她的桌子上课本又堆积如山。桌子旁边，墙上出现了一张火车时刻表似的作业时刻表。在这上面，精密地标出了“离站”和“到站”时间——就是离开“床站”到达“写字桌站”的时间。必须学好的——照她的说法，就是必须“开过”的各种学科，名字也准确地列出来了。

现在再有人叫古丽雅看电影看戏，她都自动地拒绝了。

她说：“我要全速前进，把我的火车开到莫斯科。有时候我觉得我变成了一辆快车：老向着一个什么地方飞驰。”

她专心地做功课和少先队工作，不管一切闲事。现在她是十月儿童的辅导员了。她认真地担负起这件复杂的任务——教育小孩子，发展他们的刚强性格、意志力和勇气。

古丽雅想得特别多的，是怎样开第一次会，让孩子们都觉得有趣。她决定编出一个恐怖的童话来。

“小娃娃爱听恐怖的童话，而且这是对他们勇敢的第一个考验。不过这个童话得有好的收场。”

古丽雅在上学的路上编出了这个有好收场的恐怖童话。

在少年先锋队活动室里，晚上聚集了近二十个孩子，都是一年级乙班的学生。他们已经是真正的学生了，用不着人领，就会来开自己的十月儿童大会。

古丽雅走进走廊，听见焦急的声音。

一个叫作李卡的小辫子姑娘说："万一她不来呢？"

男孩子们朝外面走廊瞧了瞧。

"她来了！"李卡的兄弟米卡嚷起来，"说好啦，我跟她一块儿坐！"

李卡也嚷着说："说好啦，我坐在她另一边！"

古丽雅把门带上，说："静点儿，孩子们！你们快做少先队员了，还像小娃娃那样吵。"

孩子们马上静下来。

等到大家在古丽雅周围坐好，古丽雅问："嗯，给你们讲什么好呢？想听恐怖的童话吗？"

孩子们嚷起来："想听！"

"你们不怕吗？"

"不怕！"

"如果我关了灯，在黑地里讲呢？"

"也不怕。"

"好，我来看看你们是不是勇敢的孩子。"

古丽雅站起来，扭了一下墙上的开关。屋子里一下子黑了，她用手摸着才找到了自己的椅子。

"好，你们听着……"

“从前有一个哥哥，有一个妹妹。哥哥叫作小伊凡，妹妹叫作小阿廖娜。有一回，小伊凡说：‘我听说世界上有恶，可是我从来没见过。咱们去吧，小阿廖娜，找恶去。’

“他们于是出发了。他们走了又走，走了又走，走进了一个树林子。这个浓密的树林子好黑好黑……周围什么东西也看不见……”

孩子当中有人说：“好像咱们这儿一样。”

“别说话！”

孩子们连气也不敢透。

屋子里静悄悄的，这时候少先队辅导员柳巴在走廊里走过，觉得很奇怪。

“多么古怪的一个会呀？”她心里想着，把课堂门轻轻地打开了一点儿。

窄门缝传出来一个很轻可是很清楚的声音：

“……小阿廖娜和小伊凡走着走着，在树林子里看见一座木头小房子。他们走进去，里面一个人也没有，空空的，黑黑的。风在烟囱里吹：‘呜呜呜’……忽然他们听见‘噔噔噔’的声音。有人迈着步子走进门廊，用铁杖敲着地板。一个老婆子走到小房子里来了——人瘦瘦的，驼着背，只有一只眼睛。她穿着黑裙子、黑短衣，头上裹着黑头巾。

“老婆子用那只独眼瞧瞧两个孩子，说：‘啊啊，来了客人？好极啦！我晚饭正好没东西吃。’

“小伊凡和小阿廖娜说：‘我们饱着呐。’

“‘我可饿着。我要把你们烤来吃……’”

古丽雅旁边有人轻轻地叹了口气。

古丽雅问他：“怎么，害怕了吗？”

米卡说：“没什么，你讲吧。”

古丽雅继续讲她的恐怖童话：

“老婆子拿起铲子，对小伊凡说：‘坐上去，我把你送到炉灶里。’

“小阿廖娜哭起来：‘哎呀，不好了！’

“小伊凡把一件小皮袍子反穿在小阿廖娜身上，轻轻地对她说：‘小阿廖娜，你假扮一只羊，用头去撞她，嘴里叫着：“咩咩咩！”’

“小阿廖娜就这样做了。她在小房子里冲来冲去，嚷着说：‘咩咩咩！咩咩！’

“‘好一只笨羊！’老婆子说。

“她一把抓住小阿廖娜，把她推到门外去。小阿廖娜一个人站在关着的门外，在黑树林子里哭：‘小伊凡，我的好哥哥！小伊凡！……’”

孩子们当中有人大声地“呜呜”哭了起来。

古丽雅问：“要开灯吗？”

黑暗当中有人说：“不要。”

古丽雅于是讲下去：

“小阿廖娜哭，小伊凡对老婆子说：‘你教我怎样坐在铲子上吧。你不教我，我进不了炉灶的。’

“‘就教教你，’老婆子回答说，‘呐，瞧着吧。’

“她自己坐在铲子上，小伊凡把铲子一下子塞到炉灶里去了！老婆子连嚷也没来得及嚷。小伊凡关上炉灶的门，走出了这座房子。

“小阿廖娜正等在外面。她把身上的羊皮袍子脱下来，说：‘再见啦，恶！你这个恶啊，我们已经受够了！’

“他们两人跑回家。他们到了家里，过得比先前还要好……”

故事讲完了。

黑屋子里静得好像十月儿童们都睡着了一样。古丽雅一按开关，强烈的灯光射进大家的眼睛。孩子们眯着眼，抬起头来。正在这时候，门开了，柳巴走进来。

“这儿出了什么事吗？”她问。

孩子们同声回答说：“我们在听恐怖的童话，黑灯瞎火地听！”

“为什么要黑灯瞎火地听？”柳巴很奇怪，“我们学校里，今天好像一直都有电灯的。”

古丽雅说：“我们故意关了。”

柳巴惊奇地瞧瞧她。古丽雅担心起来。

“怎么，难道不可以吗？”

“这件事情，我来和你专门谈一谈。”柳巴说，“孩子们，你们回家吧，已经到时候了。”

屋子里空了以后，柳巴想了想，于是认真地说：“说句公道话，你的故事大致上讲得很不坏。我站在门口听了。可是请你给我解释一下，为什么你要吓唬小孩子呢？”

“我不是吓唬他们，”古丽雅回答说，“我是培养他们刚强的性格。我希望他们成为勇敢的人，不怕恐怖的童话。”

“为什么你要关了灯呢？”

“为了更恐怖啊。戏院里演戏不是老黑黑的吗？”

“古丽雅，你真好笑，”柳巴微笑起来，“戏院里只有观众席是黑的，台上还是亮的。”

“如果台上是夜里呢？”

“还是有点儿亮的。要不，谁也看不见在演什么了。”

“可是你要知道，我的戏台跟观众席都在一个屋子里。”古丽雅还不罢休。

“总而言之，你这儿不是戏院，这是开十月儿童会。这些到底是小孩子啊！你要吓得他们夜里睡不着了……你做这种试验，先得跟大人商量一下。培养刚强性格不是这样简单的。”

古丽雅委屈地皱起眉头，刚想反驳，忽然想起不久以前，小鲳鱼和野樱果把她锁在熊的笼子里，想要试试她的刚强性格……

“好吧，”她说，“我以后更细心些。我要先请教别人。可是不要抢掉我那些十月儿童啊。”

经过这番谈话以后，古丽雅再也不敢做这种有危险的培养性格的试验了。

她想到什么新的游戏，或者想给孩子们挑选书本，总先尽力回想，当自己跟他们一样大的时候，什么是自己最喜欢的，什么是自己害怕的，什么是自己了解的，什么是自己不了解的。

她认真地准备每次集会。她先把书从头到尾翻一遍，考虑有什么需要她向孩子们解释的，或者要加一个什么尾巴上去。

古丽雅爱“加尾巴”，她给故事和童话想出尾巴来，孩子们也很爱听。

她常常带着自己那些孩子，坐电车和步行到远处去散步，要把他们训练成一队真正的运动员。

孩子们因为有这样一位辅导员，觉得很自豪，心急地等着开每一次会。

可是古丽雅跟这些孩子在一起没多久，妈妈又调到基辅工作去了，古丽雅必须跟她一块儿去。临走她带孩子们去看电影，作为临别纪念。

在电影院里，她碰到了一件完全没想到的事情。正片以后，加映了最近一期的新闻片。

观众眼前浮过莫斯科的街道、首都一个运动场的体育比赛、莫斯科河－伏尔加河运河……忽然之间，古丽雅看见了她难忘的克里姆林宫椭圆形大厅、镶有铜装饰品的高门、一群穿阿尔迪克海军服的少先队员。

熟人的脸有点儿摇摇晃晃地来到她眼前：巴腊斯比，马姆丽雅卡特，把矿石标本从阿尔迪克带来给斯大林同志、皮肤晒黑了的少先队员地质学家。

瞧，这就是她自己——古丽雅。这不是游击队的女儿，不是瓦西林卡，也不是瓦尔卡，而是一个女学生，一个少先队员，差不多就跟她现在一样，只是个子小一点儿。

十月儿童们嚷起来：“古丽雅！古丽雅！这是你！”

古丽雅说：“别吵，你们嚷什么！莫洛托夫同志就要来了……”

真的，门打开，莫洛托夫同志进来了。他微笑着，就跟在那值得纪念的日子里一样，他说出的几句话，也是那天说过的。

古丽雅的心跳起来。能够亲眼再看见脑子里牢牢记住的东西，她觉得又快活又奇怪。她这回看见的，恐怕比上回看见的还多：当时由于快活和紧张没看见的许多小事情，这一回她都看见了。

当然，只有在银幕上，她才能够看到自己，古丽雅，在克里姆林宫被接见。

看过新闻片以后，她把孩子们送过马路，自己又回到电影院里去，把阿尔迪克孩子们在莫洛托夫同志那里做客的情形再看一遍。

要不是她的钱不够，她还要留下来看第三场、第四场呐。

冷谷

春天快到的时候，古丽雅跟妈妈搬到了基辅。

这一回，她们好像要长期住在这个新地方了。古丽雅非常喜欢基辅这间新公寓，喜欢她们住的这条街，尤其叫她高兴的，是她现在单独有了一间屋子。

有生以来，古丽雅还是第一回照自己的意思，按自己的口味和方式来布置屋子。她的一堵墙是“冬天”，那上面挂着溜冰鞋，墙角放着滑雪板；另一堵墙是“夏天”，有网球拍和一网袋球。向动物园要来的一只毛茸茸的松鼠，从书架到桌子，从桌子到窗台，快活地跑来跑去。古丽雅把它养得很驯服，这小野兽放心地坐在她的肩膀上，用一对发亮的小黑眼珠看着她的书。现在古丽雅一切东西都是新的——新屋子、新学校、新朋友，她心里想，她的全部生活现在要照新样子过了。

可是这生活叫一个给忘掉的“老”毛病打乱了。

很久以前，还是在拍电影的时候，古丽雅有一回伤风得很厉害。从那时候起，风湿病常常发作，弄得她很痛苦。

医生给古丽雅检查过以后，说：“这个毛病必须彻底医好！咱们要打发她上敖德萨的海湾去。”

又上敖德萨去！古丽雅又高兴又苦恼。高兴的是，又要到熟识的、可爱的城市去，呼吸到它的海洋空气，重新跟老朋友见面。可惜的是，没有希望过新生活了。

可是不管怎么样，刚到夏天，古丽雅就被送到海湾去了。她在敖德萨一共只逗留了一个半钟头，甚至来不及跑到老家去见见老朋友。

她简直有点儿悲哀，因为在这熟识的城市里，她觉得自己这一回是个临时的客人，是个过路的旅客。

好像有意气人似的，在车站里，在车站附近的街道上，竟连一个熟人也没碰到。

古丽雅来到集合地点，看看有些什么孩子跟她一块儿上疗养院去。那边有几个男孩子比古丽雅小得多，还有一个小姑娘大约跟她同年。这小姑娘扎着黑色的长辫子，黑眼睛有点儿眯缝。她想看什么东西，就从口袋里摸出一副角质眼镜，一转眼就戴到眼睛上去了。

古丽雅问她："您也上海湾去吗？"

"是的，上海湾去。"

"从哪儿来？"

"基辅。"

"我也是基辅来的！"

古丽雅马上快活了一些。那小姑娘看来也很高兴碰到一个同路人、同乡和同龄朋友。

她们坐在自己的皮箱上，拿出自己准备在路上吃的东西，互相请吃最后的一些夹心面包和苹果，开始叽里咕噜地谈个没完。

打听下来，这小姑娘叫米拉，在音乐学院念钢琴系。

古丽雅喜欢这句话"念钢琴系"，不知不觉的，她有点儿尊敬起这位新朋友来了。

接下去，两个小姑娘已经一分钟也离不开，一块儿坐船走了。她们并排站在船头上，瞧着两道长长的、起泡泡的水向两旁分开，瞧着逐渐接近的堤岸，它那模糊的轮廓在海岸的热雾当中慢慢儿地露出来。

米拉戴着她那副眼镜，一直到码头也没摘下来过。她还是第一回看见海，看见海豚，看见这么多大喊大叫、贪心的海鸥呐。

儿童疗养院所在的村子叫作冷谷。这名字不知道是打哪儿来的。这地方一点儿也不冷——连这里的石头也被太阳晒透了。

在码头上，一些穿白衣服、戴白草帽、皮肤晒得很黑、跑得很快的孩子向新来的孩子们跑来。其中一个要给古丽雅拿皮箱。

古丽雅说："谢谢你。你们是疗养院的吗？你们已经在这儿住了好久啦？"

"我是西班牙人，"那男孩子笑嘻嘻地说，"俄文不大懂。"

"米拉，你听见没有？这些是西班牙人呐！"

可是这时候，有一个高高的青年人，大概是辅导员吧，向自己的队伍发了个口令。那男孩子有点儿不好意思，用西班牙话嘟囔了两声，把古丽雅的皮箱放在地上，跑回队伍里自己的位置上去了。队伍跟着辅导员沿岸边走，一个穿浅蓝色衣服的年轻姑娘向新来的人走来。

"好，你们到底来了，"她说，"我们等了你们好久了。咱们去吃早饭吧。我的名字叫薇拉。"

米拉问她："您也在这儿疗养吗？"

"哪儿的话！"薇拉说，"您大概把我当作小姑娘了吧？我是教师，是小班的教养员。"

她把新来的孩子们带进一座白色的小房子，这房子在紫丁香矮林子里，差不多连屋顶也隐没了。

古丽雅在路上问她："薇拉，请您告诉我，那些孩子真的是西班牙人吗，西班牙来的？"

"是的，是西班牙人，西班牙来的，"薇拉回答她说，"一些很好的孩子。我们大家都很爱他们。"

米拉就问："是英雄们的孩子吗？"

"他们当中有几个本人就是英雄，"薇拉说，"他们造街垒，挖战壕。其中一个年纪最大的还打过仗呐。"

古丽雅抓住朋友的手说："米拉，咱们先跑去看看他们，然后回来吃早饭！"

"不行，"薇拉拦住她们，"初到的几天，你们要在检疫所里坐坐。我马上把你们的教养员奥莉加·帕夫洛夫娜给你们请来，她会给你们解释的。"

奥莉加·帕夫洛夫娜是一个上了年纪、样子严厉的女人，斑白头发上戴了一顶锦缎小圆帽，她和小姑娘们见面笑也不笑，古古板板的。这是在她们寝室门口发生的事。

两个小姑娘已经穿上游泳衣，上面披着一件没袖子的花衣服，肩膀上搭着毛巾，正要跑到下面的海边去。

可是奥莉加·帕夫洛夫娜说："在医生检查以前——不许游泳！"

"医生一向答应我游泳的！"古丽雅不满意地嘟囔说，"去年在阿尔迪克，我游泳和划船都及格了……"

“去年在阿尔迪克是去年的事情。”

古丽雅跟奥莉加·帕夫洛夫娜第一回见面就斗起气来了。奥莉加·帕夫洛夫娜是一个固执的人。检疫就是检疫：坐在家里或者小花园里吧。让整个疗养院的人去消遣：看电影啊，散步啊，游泳啊，可是你呢，就像给关起来一样，一点不能放纵，走动一下也不行。

午睡时间就是午睡时间：躺着，别想跟旁边的人说一句话。

奥莉加·帕夫洛夫娜说：“你们到这里来治疗，我们就要把你们给治疗好，不管你们愿意不愿意。”

古丽雅当然想治疗好，可是除了这件事情以外，她每天还想些别的东西：像划小船啦，游泳比赛啦，晚上在岸边散步，欣赏月亮照在海面上的光带啦，休息时跟米拉一块儿学西班牙话啦，等等。

因为这个缘故，她差不多每天跟奥莉加·帕夫洛夫娜冲突和斗气。

古丽雅生气了，可是奥莉加·帕夫洛夫娜还是那副冷静、古板和严厉的样子，这样更叫古丽雅气疯了。

古丽雅说：“一个死板板的人，没一点儿人情味！”

奥莉加·帕夫洛夫娜说：“一个难弄的孩子。聪明，可是难弄。”

古丽雅最可惜的，是为了那严格的生活程序，不能够跟西班牙孩子们痛痛快快地在一块儿。

整整一星期，就这样在检疫当中过去了。接着是诊断、医治（泥浴、电疗）以及每天一个半钟头的午睡！这里的白天比任何夏令营里的都短，因为傍晚有露水以后，就不可以到外面花园里去了。

不过古丽雅还是跟西班牙孩子交上了朋友。她不懂他们的话，就想法子用手势、微笑、几种话——法国话、俄国话，以及当场学到的西班牙话来跟他们交谈。

她对米拉说："你想想吧，他们在西班牙的学校里多么忙啊！他们要在一年里念完全部代数、全部几何、全部物理。第二年还是这些东西，可是更详细更认真。一堂课接着一堂课地上，念半天书也没一点儿休息。"

米拉问她："这些个东西你怎么知道？"

"他们告诉我的。"

"他们怎么告诉你呢？"

"啊，怎么……我也不知道怎么。不过我全懂。我昨天还学会了一首西班牙小诗。一首很好的诗——讲一个叫贝贝的落到家畜栏里去了。那里只听见鹅'嘎嘎'叫，母鸡'咯咯'嚷。用西班牙文念起来，这首诗说不出的好听！你一定要给这首诗配曲子。好不好，米拉，你肯配吗？"

说着，古丽雅又跑去看西班牙人了。她跟年纪大的几个实在好，特别是跟女孩子康企塔和一个叫哈维尔的男孩子。这两个孩子俄国话说得比别人好，古丽雅问他们见过甚至亲自参加过的战争事情，问来问去问不厌。

有一回，康企塔抬头瞧着夏天深蓝色的天空说："这儿的天空那么静！"

"静？你想说什么啊？"古丽雅问她，可是康企塔还没说出来，她已经猜到这位小西班牙人要说什么了。

这样一个和平的蓝色天空，如果充满了敌人飞机马达的“隆隆”声，如果这些飞机一群一群地在城市上空打转，四周的房子塌下来，大地给炸得震动，那一定是多么可怕呀！

古丽雅想：“这种情形，难道我们有一天也不得不看见，不得不碰到吗？”

她同情地、亲切地瞧着这些黑皮肤的伶俐孩子：他们的眼睛是这样的灵活热烈，脸是这样的瘦削和轮廓分明，牙齿是这样的雪白。

西班牙人当中，有许多很小的小孩子，他们使古丽雅想起了她那些十月儿童。这些西班牙孩子又快活又健康，可是只要看看他们怎样贪婪地朝哥哥姐姐，朝带他们上这儿来的同乡人身上扑过去，就明白他们是多么强烈地想念家乡，想念亲人了。

古丽雅不知道拿什么来使他们快活。她每天给他们买蜜柑、果汁糖、有图画的明信片、纸扇、一串串的贝壳和各式各样的小东西。

小娃娃们叫她“马德雷西塔”，意思就是“小妈妈”。他们把包“卡拉梅洛斯”——就是“糖果”——的五颜六色的小纸细心地抹平，藏起来纪念她。他们吃掉一个很大数目的蜜柑。

古丽雅说：“没什么奇怪的。在西班牙橘子一年成熟四回。西班牙人没橘子活不了，就像咱们没马铃薯活不了一样。”

她又叫米拉到海边的铺子里去，给西班牙孩子们买蜜柑和“卡拉梅洛斯”，给自己和自己那个女朋友各买一客冰淇淋，再到书摊上去买几期最新出版的电影杂志。

电报

古丽雅在疗养院里，总共只剩一个星期了，这时她忽然发觉，妈妈给她买车票回基辅和路上花的钱，不知怎么的，都已经花光了。

休息时，古丽雅在花园里阴凉的墙犄角，躺在帆布床上（医生答应她和米拉在花园里午睡），低声计算着自己的支出："冰淇淋在敖德萨买了一个卢布，在这里买了十二个卢布；送给西班牙孩子们八个贝壳盒子，四个卢布一个——三十二个卢布，一共四十五个卢布。糖果和点心——三十六个卢布；四十五加三十六是八十一。蜜柑……记不得多少钱了……还有小珠子、带银扣子的新腰带、明信片、杂志、扇子……"

米拉从枕头上抬起头来问："你在那里嘀咕些什么？要把乘法表背到老吗？"

"什么乘法表！"古丽雅叹了口气，"我一共只剩一个卢布了。"

"你留出了路费没有？"

"没有。"

"这件事情亏你还说得这么镇静？"米拉很奇怪。

"我又有什么办法呢，哭吗？"

"不哭，可是你怎样回家呢？这一点我倒很想知道。"

"我也想知道。"古丽雅苦笑着说，"我根本没法子坐车子回去了。我只能走路去啦。有一张嘴，也许能问路回到基辅去吧！"

“可是怎样到敖德萨呢？游泳过去吗？”

“就游到敖德萨去……”

米拉睁大了眼睛瞧着古丽雅。

她问：“不过小古丽雅，你以后怎样活在世上呢？”

古丽雅想了想，回答她说：“我也不知道怎样活……总有办法的。嗯，没关系，我打一个电报回家。”

“哪来打电报的钱呐？”

“问你借。”

米拉笑起来。

“我又哪来钱买车票呢？我也只剩最后一点儿路费了。”

“我去问别人借。也许到那时候，我可以收到家里的钱了。”

于是古丽雅开始高声拟电文，用指头算字数：“‘钱花光了。不生气吧？路费能汇多少就请汇多少来吧。亲你。古丽雅。’一共三十一个字。还有地址呐！”

“古丽雅，你真是个小孩！”米拉吃了一惊，“为什么问生气不生气，还在电报里放各种句号和问号呢？这些都是多余的字啊。如果是我打，就只有这几个字：‘寄钱来。亲你。’三个单词。又短又明白。”

“你这是什么话呀，小米拉！”古丽雅害怕地看看她，“打出这样的电报，我还有脸去见妈妈吗？”

“照我看，这也不行。你自己说过，你们因为搬家，妈妈钱很紧。”

“是——啊，”古丽雅叹了口气，“她生了个任性的小女儿。可以说是个没出息的小丫头……”

古丽雅完全泄气了。米拉坐到她的床上去，想要安慰这个朋友，可是正在这一眨眼工夫，“啪啦”一声，不结实的帆布床倒在地上了。

两个小姑娘看见自己掉在草上，快活地哈哈笑起来。

古丽雅说：“喂，米拉，让咱们丢开这种沉重的谈话吧，要不然你瞧，连床也受不住，它的腿也发软了。”

两个小姑娘起来修帆布床，拉帆布，正在这时候，奥莉加·帕夫洛夫娜在花园的小路上出现了。她总是正好在人家最不想她来的时候来。

“你们是这样休息的吗？”她问，“我跟医生说过，在花园里休息一点儿没好处。马上到凉台上去吧。古丽雅，我一定要写信告诉你妈，说你不能遵守生活制度。”

古丽雅一声不响。她把枕头放在肩膀上，仿佛这是个天大的重担子，然后朝着大姑娘们住的白馆，慢慢儿地走去。

她心里想：“恐怕她真会写信去的！那可好了：先是我的电报，接着是这样一封短信……还是不回家见人好！”

可是没法子，那天晚上，她把一封急电塞进电报局的小窗口：

“意外的额外支出请寄钱来买票亲你古丽雅。”

在暮色当中，古丽雅和米拉沿着海边回疗养院，考虑什么支出大概可以算作“额外的”和“意外的”。电文是照米拉的意见拟的，现在古丽雅绞尽脑汁地想着，回家可怎样解释自己这封电报。

古丽雅末了儿说：“脑子早上要比晚上清醒些，而且离回基辅还早着呐。”

可是离早上也远着呐。

古丽雅醒着躺在床上，暗想自己陷在这种乱七八糟的境地，有什么办法可以脱身呢？她不但要钱买车票上基辅去，她还想起自己欠了人家的钱，她不但欠了那些能借到钱的人，像薇拉、少先队辅导员阿廖沙的钱，而且还欠了米拉的钱，她借了她的钱去打电报。

她很痛苦地清清楚楚想起，妈妈送她到车站的时候，曾经要她慎重，一路上别浪费钱，在各车站上不要乱买东西。

可是她呢，就这样连想也不想，把妈妈给她的钱都乱花了！

“现在怎么办呢？唉，现在到底怎么办呢？”

她开始计算自己每天平均乱花多少钱。可是一算下来，她就很不好受。她吓呆了。算下来是……每天二十二个卢布！而且一切吃的都是现成的！古丽雅想起，妈妈和她在车站分别的时候对她说过，就算一个负责的工作人员吧，出差一天也不过拿二十个卢布。

古丽雅的头疼起来了。

“无论如何得找一个解决办法。不能够因为我的缘故让妈妈和爸爸为了钱弄得头痛啊。可是怎么办呢？卖掉什么东西吧？什么东西可以卖呢？浅蓝色的无袖长衣吗？它已经不是新的，给太阳都晒得褪色了。”

忽然灵机一动：表！

这是真正贵重的东西！古丽雅在黑暗当中，打床边的小桌子上摸到了自己的小表。她把它放到耳边，手表的齿轮清楚认真地“滴答滴答”响，好像一颗小心在那里跳动着似的。

古丽雅摸着擦亮的表壳说："你是我亲爱的小表！"

她甚至不能够想象，怎么能够把它永远交到一个陌生人的手里去。可是没有别的办法了。如果家里不寄钱来，就只好在这里卖了它。如果寄钱来，就到基辅去卖了它，然后把钱还给妈妈……

想到这里，古丽雅放心了，天快亮的时候，她睡着了。

古丽雅的错

在疗养院的最后几天，古丽雅过得很不快活。她非常不安心。她生自己的气，生一切人的气，甚至生米拉的气。可是最惹她生气的照旧是奥莉加·帕夫洛夫娜。她们两人之间的争执越来越厉害。古丽雅好不容易沉住气不骂人，可是奥莉加·帕夫洛夫娜一次比一次更冷静、更沉着。

有时候古丽雅觉得，只要这个冷酷顽固的女人生一下气，发一下火，或者提高一下嗓子，古丽雅就会原谅她的，可是奥莉加·帕夫洛夫娜就是争得最激烈的时候也还是不动声色。

“纪念像！雕刻像！木乃伊！”古丽雅给她想出各种外号来。

可是别看“雕刻像”冷冰冰的，好像动也不动，什么地方不守秩序，她都有法子及时赶到，古丽雅常常觉得，她那双眼睛尖极了，老盯在自己身上。

她们最后的一次冲突，发生在古丽雅动身的头一天晚上。

孩子们在小操场上打排球，刚下了一场很短的大雨，操场还没干。

要是奥莉加·帕夫洛夫娜在家，这天傍晚就不会在湿操场上赛球了。可是这天晚上，她恰巧上码头去了，给到这儿来的一位顾问教授送行。

操场上男子球队对女子球队。男子一方眼看要赢了，可是几下准确的杀球忽然扭转了全局。

古丽雅忘了最近几天来的一切不幸和不愉快，嚷着说："加油哇，姑娘们！给他们点颜色看看！"

可正在这时候，奥莉加·帕夫洛夫娜披着一件尖头罩的油布雨衣，在远远的地方出现了。

"这是怎么回事儿？"她愣住了说，"马上进屋去！"

小姑娘们嚷着说："奥莉加·帕大洛夫娜！我们马上就要打完了，等一下吧！"

古丽雅尽力说得温柔些："奥莉加·帕夫洛夫娜，我今天是末了儿一天了。"

"怎么啦，你想正好在这末了儿一天生起病来吗？"奥莉加·帕夫洛夫娜像往常那样，一个字一个字清清楚楚地反问，"马上进屋。太阳下去以后，你就不可以到露天里来，还是下雨以后呢！"

"可是奥莉加·帕夫洛夫娜，明天我在路上，太阳下去以后，反正也得出来呀……"

"那么今天就要更加保重身子。"

古丽雅手一挥，把球扔在地上，低着头跑到自己的寝室里去。

她在那里气呼呼地给自己铺床睡觉。

米拉问她："你怎么啦，已经打算睡觉了吗？"

"嗯！"

"晚饭呢？"

"不吃了！我要保重身子！我要躺在床上，用碘酒从脚擦到头，放一块湿布在头上。"

“你怎么啦，古丽雅？！”

古丽雅一句话也不回答，咽着眼泪，把床单扯得更加厉害。

“小心点，古丽雅，你要扯破的！”

一向慎重的米拉，无意中对古丽雅说出这句危险的话，刺激了她。

古丽雅马上嚷着说：“我就扯破它！”

她咬住床单，就扯床单的几个角。

床单“哩哩啦啦”地撕开了。

“发疯啦！”米拉惊叫了一声。

古丽雅看着一张床单撕成的两块长白布条，心里也有点吃惊，可是嘴里说：“一点儿也不！这是给她的教训。一个夏天她把我给害苦了！”

米拉一声不响，走出屋子。

古丽雅马上感到羞愧难过。她拿起针线，把床单那两块布条急急忙忙缝起来，不时瞧瞧房门。

外面走廊上有人叫她吃晚饭，一连叫了两次，可是她把自己的活儿藏起来，回答说头疼，不想吃。

她实在是不想吃。

她想：“多可恶！多可耻！妈妈说得对，我没有刚强的性格，没有坚忍的精神，没有真正的意志！我好像从一个斜坡上飞跑下来，停也停不住。好一个‘游击队的女儿’，却在苏维埃的疗养院里撕破床单！主要是——为了什么？为了排球吗？算了，还是不要缝吧。让大家看看我做出了什么事情！”

可是她到底把床单缝好了，在米拉和别的小姑娘们回寝室以前，在床上躺下来。

她一夜都感觉到身子下面那条倒霉的缝，它提醒她是她做错了。

她迷迷糊糊地对自己说："没关系。我虽然把床单缝好了，明天还是要到奥莉加·帕夫洛夫娜面前去认错。让她爱怎样罚我就怎样罚我吧。她有的是真正的刚强性格，不是我这种性格。她是个好样儿的！一个坚强的人！她连一次也没骂过我，要知道是该骂的呀：我破坏了纪律，乱花了所有的钱……想起来就惭愧！"

第二天早晨，古丽雅一醒过来，妈妈汇来的钱就送到了。可是连这件事情也没使她快活起来。她先把钱分别向该还的人还清，正打算去见奥莉加·帕夫洛夫娜，最后向她认一次错，可是奥莉加·帕夫洛夫娜已经拿着一封信，亲自走到她的寝室里来了。

她说："呐，把这封信转交给妈妈吧。"

"给妈妈？"古丽雅反问一声，这时她已经不想认错了。

奥莉加·帕夫洛夫娜小心查看过古丽雅的包裹打得好不好，因为这天很凉，她吩咐古丽雅和米拉两人扣好大衣上所有的扣子，接着她答应到码头上去送她们，然后就走了。

古丽雅手里仍旧拿着信。它没有封口——显然，奥莉加·帕夫洛夫娜对她还没有失去最后的信任。

古丽雅把信藏进口袋，很快地走遍所有的房子。她看见大家这样亲热地跟她告别，对她说出这样好的话，称赞她，为了一些事情感谢她，她心中于是轻松了一些。

"这是说我还不太坏，"古丽雅一面想，一面跑进小西班牙人住的房子。

这里有这么多的紧紧握手、亲吻，甚至眼泪在等着她，弄得她头也昏了。他们给她整整一堆相片、小石块、贝壳作纪念，有人送她一串橄榄核，有人给她在手上戴上骨制的手镯……

要不是米拉催她，她一定赶不上小汽船。

她们跑到码头，太阳从乌云后面露出来，把小汽船的栏杆和所有铜镶的东西亮晶晶地镀上了一层金光。

古丽雅满心快活——她生活当中所有不好的事情，仿佛都一去不回了。

“快，快！”周围的人嚷着说，“你们要赶不上了！”

两个小姑娘跑过跳板。到了甲板上她们才看见奥莉加·帕夫洛夫娜。她在码头上，离开所有人独自站着，戴着她那顶一直戴着的、给太阳晒褪了颜色的小圆帽，平静地招手。

古丽雅不知道怎么的，觉得奥莉加·帕夫洛夫娜很忧愁。

就在这个码头上，她送走了不知多少批孩子——她孤独、劳神、疲倦!

甚至没有人好好地谢过她……

“不过她为什么写信给妈妈呢？……”古丽雅难过地想了想，“妈妈要伤心的，这样一张‘家长报告单’又不能把我给改好……”

等到海岸完全给雾遮住不见了，古丽雅用自己也没料到的决心，把开口信封里的小纸抽出来，念上面一行行写得又整齐又清楚的文字。

这封信完全不是她所预料的。

奥莉加·帕夫洛夫娜写道："……您的女儿是一个有才干的好姑娘……我们所有的人——教养员和孩子们都非常爱她。可是医生发现（您自己也一定已经知道了）：风湿症有点儿影响了她的心脏。她需要严格的生活秩序，可是她性情活泼，这是很难做到的。我要劝告您……"在两张纸里，接下来是一长列各式各样的劝告、指导和要提防的东西。里面一句怪她无礼和不听话的话也没有！

信上附了一张盖图章的小纸：

"基辅学校学生古丽雅，从六月二十日到八月二十日在治疗时期中的鉴定。

"遵守生活秩序，品行优良。有爱卫生的习惯，整洁。热爱集体，得到同志们的喜爱。"

古丽雅给弄糊涂了，她在被浪花打湿了的长凳子上坐下来。

她瞧着小码头消失的方向，自言自语地说："周围的东西我什么也没看见，什么也不明白！要是我现在回到那岸上去，我就知道跟奥莉加·帕夫洛夫娜说什么话了……"

可是小汽船离那岸越来越远。

古丽雅在火车上，用铅笔写下这样一封短信：

亲爱的好奥莉加·帕夫洛夫娜：

谢谢您所有的照顾，请原谅我是这样一个不守纪律的女孩子。您一定还不知道我所有的过错。如果您看到一张由两块布缝起来的床单，您要知道，这是我干的。我把它撕破了，又把它缝上了。可是我向您保证，我再也不会做这种事情了。我要永远记住，您能够怎么样地控制住自己。

我再次请求您原谅我。向全体师友致崇高的敬礼。

古丽雅

古丽雅离家越近越担心。还在车子上，她就想到妈妈为了她才不肯休假，想到自己无论如何要把乱花的钱还给妈妈。

所以她到基辅那天，就把自己的小表拿到表店里去，想把它卖掉。

表店的人说："这样的表不难卖。好表哇！"

古丽雅叹了口气，就到外面街上来了。

傍晚吃茶点的时候，妈妈问她在疗养院里的"额外支出"是什么。

古丽雅说："各种各样的。一句话，私人的。"

妈妈觉得奇怪，耸耸肩膀，又问古丽雅疗养院的情形，那边的生活习惯。

"在那边，我们这时候已经准备睡觉了。"古丽雅说着，照老习惯看看自己的手。

妈妈问她："古丽雅，你的手表呢？你为什么不戴呀？"

"表带上的扣子坏了。"

"给我看看。也许咱们自己修得好。"

"不行的！表也坏了，我把它交给表店了。"

"什么时候才能修好呢？"

古丽雅坚决地摇摇头。

“妈妈，我不是交给他们去修，我交给他们去卖了。”

“这还了得！为什么？”

“为了把我在疗养院里乱花的钱还你。你要知道，凭良心说，这笔钱并不是‘额外’支出，完全是胡花——买冰淇淋，买糖果，买腰带，买各种乱七八糟的东西。不过我在西班牙孩子们身上花的钱，我一点儿不觉得可惜。所有其他的钱都是可以省的。现在让他们把表给卖了吧。我这是自作自受！”

妈妈一句话也不回答，只是斜着眼睛瞧瞧古丽雅。

“你以为是这样？”她最后很轻，甚至有点儿难过地问，“不行，古丽雅，你太容易走岔路，也太容易后悔了。这样过日子是不行的！”

古丽雅说：“你以为我很容易跟我的表分开吗？我爱它，就好像它是活的……可是我想把钱还你。”

“问题完全不在于钱。明天你一早就到表店去把表拿回来。我不答应卖掉它，至于钱，我们总有法子对付过去的。我今天得到了一笔休假金，可是我反正不能上哪儿去，工作太多。”

古丽雅虽然不好意思对自己承认，可是她很高兴：本来非常害怕的困难谈话，现在终于过去了。

表又要回到身边，重新在手上轻柔地“滴答滴答”响，这多么好哇！但愿表店今天晚上没把它给卖掉就好！他们不是说过，这种表很容易卖，人人都要买吗？唉，也许不会卖掉吧，也许来不及卖掉吧。

古丽雅向妈妈弯下腰来，在她耳朵旁边说：“你这就看到，我现在要怎样过日子了。好妈妈，你甚至会惊奇呢！”

可是妈妈没什么可惊奇的。

古丽雅的日子还是像她原先的老日子那么过——有时候向上，有时候向下，有时候成功，有时候失败。

昨天老师当着全班同学称赞她的作文，还把她的文章念出来，可是今天物理课给她“劣等”，又当着全班同学批评她。

“是个有本事的学生，就是一点儿没条理，一点儿没规矩。”

唉，如果大家知道就好了，她古丽雅多么希望养成的正是这种性格啊——有条理，有规矩！可是她从小不习惯这种东西，那怎么能得到它们呢！

要知道，这不像学会最复杂的溜冰花样，也不像在短程赛跑当中创纪录。再说，世界上有趣的事情太多了！

古丽雅到底改写了物理的分数——一个“劣等”以后来了两个“优等”，她也战胜了几何，硬记住了全部俄国历史年表。

但忽然来了一件叫人快活的新事情，好不容易训练出来的“条理和规矩”差点儿给它破坏了。

这天古丽雅脸蛋通红，快快活活，胳肢窝里夹着溜冰鞋从溜冰场回家。她心满意足地想，她只剩下一张画好的地图要着色了。这又是一门她很喜欢的功课！古丽雅爱画画，她画的地图在全班是最好的。

在她的眼睛里，还闪着溜冰场那面冰镜子反射出来的光。在她的耳朵里，还响着打破寒冷空气的快活进行曲歌声。

古丽雅轻轻地哼着歌，跑上楼梯，看见邮箱格子里有一封信。

“这是谁寄来的呢？”

古丽雅把信拿出来，认出了爱利克的笔迹。

她就在楼梯口把信一行一行念完。信很短。爱利克叫古丽雅到莫斯科去过寒假。

他信上说，莫斯科今年的冬天很美丽，下了雪，索科利尼基将举行精彩的越野滑雪比赛和“世界”溜冰比赛。

信末又说，古丽雅的爸爸也等着她，并且答应弄到各个戏院的票。

到莫斯科去！……古丽雅一想到旅行，气都喘不过来了。只要想一想吧——到各大戏院去，到各大博物馆去，从特列季雅科夫画廊一直到动物博物馆、人种博物馆！跟爱利克到他们小时候走来走去、跑来跑去的老地方去散步。晚上跟爸爸一块儿坐下来喝茶，告诉他分别以后的一切事情，讲得很晚很晚，一直到12点钟，忽然又跟他出去，沿着莫斯科的街道，在轻飘飘的雪底下散步，仔细听红场上“叮叮咚咚”的钟声……不过哪来的路费呢？可以尽量少花些，不买卧铺票，省点儿钱，在火车上不一定要睡觉哇。等以后再睡个痛快吧。在莫斯科也用不着花多少钱，只要有坐地下电车的钱就够了。学校里缺的课，古丽雅在寒假以后可以补上，那时候她要整天整夜地温书。她不是第一回赶功课了。

古丽雅冲进屋子，连大衣也不脱，就把所有的话一口气跟妈妈说出来。

这时候，妈妈正在桌子旁边写什么东西。她一声不响地听完古丽雅的话。接着她细细地看了看古丽雅，说："你哪儿也不能去。快乐的权利得先用工作挣来。"

妈妈就这两句话，可是这两句话足够了。古丽雅觉得这两句正确和严厉的话，不是她妈妈，而是她自己说出来的。快乐的权利得挣来，暂时她还没挣到。

唉，多么想上莫斯科去呀，简直想疯了！可是暂时硬叫自己留在家里，把节日挪到别的日子，挪到有充分权利可以让自己休假的日子去过，这也许更好吧？不过冬天要过去啦，那就让它过去好了——冬天还会来的！

关于莫斯科，她一次也没跟妈妈再提过。

妈妈常常看看她，甚至有点儿不放心了。妈妈知道古丽雅这人想起事情来是多么的死心眼，取消自己的计划又是多么的不容易。

可是古丽雅很安静，很温柔，不知道怎么的，还有点儿像是很快活。这是为什么呢？

这是因为古丽雅已经定出新的计划来了。

古丽雅的秘密

古丽雅醒来，一大楼的人都还在睡觉。

她想："最近出了一件什么好事情呢？"她已经养成这样一种习惯：早上醒来爱回想昨天。"是爱利克来的信吗？不是，那封信只带来了烦恼。是溜冰吗？不，不是那回事儿……哦，对了！是我的计划！是我的秘密……"

古丽雅很快地穿上衣服。

"从今天起，一切都要改个样儿了。"

她跳起来，打开小窗子。一股新鲜空气冲到屋子里来。

古丽雅轻轻地唱歌：

早晨用凉爽来欢迎我们，
河用风来欢迎我们……
头发鬈曲的姑娘啊，
你为什么不爱听
那快活的汽笛声？

这是一部新影片里的小歌。

古丽雅做过早操就铺床。她用绣花枕头布把枕头盖起来，尽力让自己的白色小床显出最整齐的样子。

她把自己的桌子也收拾得认不出来了。

从前，桌子上书跟本子总乱七八糟地堆在一块儿，断铅笔东一支西一支，墨水瓶歪搁着，真叫人担心墨水会倒在图书馆借来的书上。现在一切都井井有条了：书回到它们的老家——书架上去，本子叠起来，整整齐齐地放在一旁。墨水瓶盖上了铁盖子，爬到大理石石级最高一层的小座子上去。最后轮到铅笔了。古丽雅把它们全给削尖了，现在这些削尖的笔头从高高的木笔筒里快快活活地探出来。古丽雅的手表搁在了最荣耀的地方，在大理石的小座子上，跟神气的墨水瓶放在一起。

这样搬来搬去，吓得那只小松鼠爬上最高的一层书架，躲在一本厚字典后面，疑惑地低头瞧瞧那种不习惯的秩序。

古丽雅用指头吓了它一下，就在干净、有秩序、舒服的桌子旁边坐下来了。

屋子里充满了早晨使人高兴的清静，在这种清静当中，想事情是那么愉快，记住一切东西是那么简单容易。

早晨不知不觉地过去了。接下来还有整整的一天，可是古丽雅已经做好十道代数习题，并且把整个星期教的历史课都温了一遍。

她上学的时候一路想：“这样下去，最后也许还会成为一个优等生呐。到那时候我就一定可以达到目的了。”

过了几天，妈妈瞧着古丽雅，惊奇起来了。她这是怎么啦？在从前，时候到了，好不容易才把她赶去上学，可是现在呢，天没亮她就起床了。过去她常常只管自己跑掉，床也不收拾，桌子上乱得叫人不能挨近，现在呢，她走了就用不着给她收拾。放学回家她就做功课，还有工夫帮家里的保姆弗罗霞料理事情。

妈妈心里想："她在尽力争取到莫斯科去旅行。"

可是旅行这件事情，古丽雅早忘得干干净净。她现在惦记的，完全是另外一件事情。

她在少年先锋宫里，报名参加了跳水组。

古丽雅想："我要参加水上运动，只要我好好地训练，他们一定会收我的。不过头发得剪掉。"

她把游泳衣塞进书包，在到少年先锋宫去的路上，跑进了一家理发店。

她坐在椅子上，对理发师说："给我剪'男式'。"

理发师拿着小梳子和剪刀，摇着头说："小公民，你不会后悔吗？还是等夏天再剪吧……"

"没关系，"古丽雅回答他，"到夏天我要剪第二回了。"

在锋利的剪刀底下，浅黄色的头发一大绺一大绺地撒在古丽雅肩上披的围布上。

她看见镜子里那个淘气的男式头，心里想："还不坏，只是脖子凉丝丝的。"

于是古丽雅快步走进少年先锋宫。

她本以为一进游泳池的大厅，马上就会有人带她上跳台的。

可是离跳水还早着呐。初学游泳的人在进游泳池大厅以前，通常要经过几个步骤：医生检查，淋浴，做体操。古丽雅问了之后才知道，她要做这么多非常复杂的体操练习，是为了使筋肉发达。

古丽雅穿着一件胸前有只白海鸥的游泳衣，精神饱满，最后走进灯光明亮的游泳池大厅。窗外飘着雪片，可是这里是夏天——真正的夏天，水有点儿温暖，“泼剌泼剌”地响。

一个穿蓝色游泳衣的黑头发姑娘说：“咱们就从一米高的地方开始吧。”

这姑娘叫奥列霞，是女子组的教练员。

古丽雅跟她走上几级很陡的铁梯子，水简直就在脚旁边轻轻地“汩汩”响。

最初的几下跳水，古丽雅跳起来不费什么劲：要知道她在阿尔迪克的时候，从岩壁上往下跳水已经跳过不止一回了。

古丽雅歇了一会儿，奥列霞说：“现在你要从三米高的地方跳了。”

她带古丽雅再上几级梯子。古丽雅从跳台上望下去。

“没关系，不太可怕。”她心里说，同时想起，阿尔迪克岸边的岩壁比这里矮不了多少。

奥列霞说：“你瞧我。”

她对古丽雅说明，训练刚开头的几下跳水不叫跳水，叫“下水”，它们是给跳水的人做跳水准备的。

奥列霞脸冲着水站着。

“必须这样把腰挺直，”她说，“身子不要弯，向前扑出去。这样做，你一定可以头先下水。”

古丽雅说：“这样我做不来。头先下水——这怪可怕的。”

“你学会了，就不可怕了。”奥列霞说。

她身子一点儿不弯，好像不当一回事似的，全身轻快地向前一扑，飞了起来……一眨眼工夫——她已经倒栽葱落到水里去了。

“哎呀！”古丽雅叫了一声，连眼睛也闭了起来。

可是奥列霞已经若无其事地从水里出来。

现在轮到古丽雅跳了。“我要把脖子给折断的，我要送命了！”她心里这样说，可是沉住了气，一声也不响。

她挺直了腰，一动不动地等命令。

奥列霞喊了一声：“跳！”

古丽雅的膝盖哆嗦了。她“扑通”一声扑到水里去，溅起了水花。

古丽雅一路抖着身上的水，从游泳池里上来，奥列霞说：“不要紧，不坏。就是下水的时候不要用脚撑。再来一次吧。”

训练就这样开始了。等到古丽雅学会了不弯身、不撑脚地跳水，奥列霞说：“现在来跳兵士式吧。”

“什么兵士式？”古丽雅觉得很奇怪，心里想，“好得很！这大概正是我要学的。”

奥列霞重新把脸冲着水站着，两只手贴在身边，好像焊在她身上似的，接着她双脚向下，直立着跳到水里去。

古丽雅又闭了一下眼睛。可是奥列霞仍旧活着，一点儿没受伤，已经从水里出来了。

古丽雅一声不响地走到跳台边上，挺直了身子一动也不动，好像金属铸成似的。等到一声“跳”的命令下来，她就冲出跳台飞了下去……

奥列霞在游泳池的踏级上迎接古丽雅，说："很好。你学吧——就要跳燕子式了。"

"燕子式！"古丽雅很高兴，"这快了吗？"

"怎么，等不及了吗？什么事情都有自己的时间。小鸟也不是一下子就学会飞的。"

"我可是要一下子学会。"古丽雅说。

可是"一下子"什么也学不成。日子在跳水训练和考试准备当中一天一天过去。所有这些事情都要做得神不知鬼不觉，不让任何人猜出古丽雅的秘密来。

等了好久的日子终于到了。古丽雅从家里出来，觉得自己现在的举动和从前有点不同。最近一个月来，她的身子挺直了，精神抖擞了。

米拉在路口等她。古丽雅就向她一个人吐露了自己的秘密。

古丽雅跟米拉并排着迈大步走，像男人那样挽着她的膀子，说："他们怎么会不录取我呢？米拉，你看怎么样，会录取吗？说到健康，谢天谢地。妈妈说我一周岁就得到健康奖金了。"

"那么风湿病呢？"米拉提醒她。

"害过，可是好了，"古丽雅说，"我在疗养院里到底医好了，谢谢奥莉加·帕夫洛夫娜。你也知道我多么能吃苦耐劳。我的胆子好像也不小。至于念书，我现在好了，简直好得不得了。"

"当然，他们会录取你的。"米拉安慰她，可是不知道为什么叹了口气。

古丽雅瞪着她瞧了瞧。

“看来你反对？……不赞成是不是？”

“我不想干涉你。既然你这样决定了，你就去吧。可是我要是你呀，我还是上戏剧学校去。没问题，你有天才……”

“还说呢！有什么天才！”

古丽雅摇摇头，抓住沉重大门的把手。米拉在后面对她喊了一声：“祝你成功！”

米拉等古丽雅，在人行道上走来走去走了好久。这是一个明朗的晴天，雪开始化了，清洁工人用铲子耙着街上发黑的湿雪。

米拉有点儿难过。

她想：“天底下，人就是这样分离的。现在小古丽雅要过完全另外一种生活了。我们恐怕见不到面，更不要说要好了。为什么她这样一门心思要做最难的事情呢？”

米拉想起莱蒙托夫一首叫作《帆》的诗，那里面有这么两句：

> 而它，不安定的帆，在祈求着暴雨狂风，
>
> 好像安静就在那暴雨狂风当中……

过了一个多钟头，米拉的脚冻僵了。太阳落到西边，傍晚时候风刮起来了。

最后沉重的门又打开了，几个年轻人“笃笃”地踏响了皮鞋后跟，快活地谈谈说说，从台阶上跑下来。他们迈着整齐的步子，一

路走去了。

米拉想："这些人一定录取了。怎么没看见女的？难道只有一个古丽雅进军校吗？"

最后橡木大门又"咯吱"一声，门口出现了古丽雅。

米拉动动嘴唇问她："怎么样？"

古丽雅摇摇手。

她生气地嘟囔说："他们发现我的眼睛有毛病。我一辈子里看东西都是好好的，连进戏院也不带望远镜，可是在这里，他们硬要我距离差不多整整一里路，念一个没意思的视力表……早知道那儿挂这种表，我就先把它背熟……这就完了。"

"你上哪儿去弄到这种表呢？"米拉笑起来。

"嗯，总有地方可以弄到。哪一个眼科医生——奥斯特罗乌霍夫或者芬克尔施泰因——都有的。"

米拉说："眼科医生说不定各有各的表。这事情我很了解。"

"我没录取，你似乎很高兴是不是？甚至还有点幸灾乐祸呐。真是好朋友！"

"古丽雅，别生气，"米拉说，"我一点儿也不高兴，可是照我看，女孩子根本不必进军校念书。你自己想想吧，为什么一定要过军事生活呢？"

"不对，完全不是这么回事。"古丽雅说，"你也明白，有时候我日子难过极了……我希望这个学校可以帮我的忙……教我养成真正有纪律的习惯。"

正在这时候，有一个戴玳瑁边大眼镜的军人，很快地走过两个小姑娘的身边。

“看见吗，看见吗？”古丽雅说得那么响，连这过路人听了也回过头来，“军人也有戴眼镜的。为什么他可以，我就不可以呢？我说：‘如果这样，写张条子给我去配副眼镜，把我录取到学校里来吧。’可是医生很固执——怎样也不肯。”

古丽雅回到家里，躺在床上。弗罗霞叫她吃饭，古丽雅只说了一声：“等会儿吧，好弗罗霞。”就翻过身去脸冲着墙了。

天没黑她就睡着了，梦里觉得妈妈的手小心地摸她的脑门。古丽雅一下子觉得，自己好像又变得很小很小，妈妈这就要把她给抱起来了。

古丽雅不等妈妈问就回答：“好妈妈，一点病也没有，别担心。我躺一会儿就好的。”

到底是什么东西“就好”呢，连她自己也不知道。

古丽雅把眼睛闭得更紧，把旧的绒线头巾拉到肩膀上，心里想：“我以后怎么过呢？我已经十五岁了，还没做过一点儿好事、有益的事。就算你要使力气，可是把它们使到哪里去呢？难道又像一个该死的丫头，天天晚上去溜冰吗？还是拍电影好，那到底是真正的工作。再说，约束住自己，不自暴自弃又是那么难……谁能帮个忙呢？”

古丽雅和衣睡着了。第二天出了一件事情，它好像一只手一样，一下子就把她的苦恼和担心全给抓走了。

第三高度

学校大厅里跟平常休息时间一样，充满了嘈杂的嗡嗡声。女生互相搂着慢慢地走，男生跑来跑去，女生就埋怨他们“挡住了路”。

学校里这种乱糟糟的快活吵闹声，今天很叫古丽雅生气。她走进还空着的课堂，坐在自己靠窗口第三排的课桌旁边，随便翻开一本书。

正在这时候，门打开一点儿，学校里的共青团支部书记穆霞往课堂里瞧了一下。

“啊，古丽雅！”她说，“我在找你呐。我正要跟你谈谈。”

“跟我？”古丽雅很奇怪，就坐过去一点，让出个位子来。

穆霞在她身边坐下。

“是这么回事儿，”她用严肃认真的样子开始说，“古丽雅，我们注意到你最近有了很大的改变。”

古丽雅留了神，反问她说：“什么改变？”

她心里想：“难道这儿有人看出来了吗？”

“变好啦，”穆霞笑嘻嘻地解释，“显然是长大了还是怎么的。你真正要求进步，更自觉地对待自己……嗯，总而言之，我们认为你完全有资格入团了。”

古丽雅愣住了，她很高兴。

“这正是我需要的，恰巧是我需要的！”她想着猛地跳起来。

她说：“你开始说话的那副样子，倒叫我以为自己做了什么坏事呢。好穆霞，这是我的幸福哇！你甚至不知道我一个人多么难地过日子。我要尽力做一个真正的共青团员！”

穆霞含笑瞧着古丽雅，心里想：“有趣的性格——心急、热情、好动。应该好好地帮助她。她会有出息的。”

走廊里传遍了又快活又响亮的铃声。

穆霞站起来说：“好，暂时说到这里吧。先是我们大家通过你，以后由区委会问问你。”

古丽雅问她：“这是什么，考试吗？”

穆霞回答她说：“嗯，恐怕比考试还重要。”

她走了。课堂里面，一转眼充满了走廊里刚才那种吵闹声。

古丽雅想：“军校不录取我，这有什么关系呢，我倒入团了。只要通过这个考试就好！”

过了两星期，古丽雅从区委会回家。二月的风猛刮着。身上披着雪的路人翻起了领子，裹着绒线围巾，在人行道上很快地走。古丽雅觉得他们全都跟她一样快活……

古丽雅飞跑回家，差点儿没把弗罗霞给撞倒。

“好弗罗霞，妈妈回家了吗？”

“还没有。”

古丽雅说：“好弗罗霞，你恭喜我吧，我是共青团员了。千真万确的共青团员！”

她冲过去打电话：“好妈妈，我有个消息……别担心——是好消息！区委会批准了！对了，对了，批准了！一共批准了我们五个人。

一点儿不是官样文章，挺亲切的。他们问我，我能不能表现意志力，能不能做什么特别的事情，比方说派我到远远的什么地方去我就去，或者是去做别的什么事情。总而言之，要表现出我的勇敢。我说我要尽力做。现在我要到游泳池去了……我不能够一个人待在家里……好的好的，我不会伤风的，不会淹死的……"

古丽雅挂好了电话。

"唉，好弗罗霞，我多么快活啊，简直是多么幸福哇！你明白吗？他们批准我入团了。他们将要派给我各种任务，非常重要的任务。我要是办不好，那才真丢脸呐。"

弗罗霞一声不响，一面点头一面听，接着用围裙边擦眼睛。

"好弗罗霞，你怎么啦？"古丽雅吓了一跳。

弗罗霞说："我是高兴。年纪这样轻，就已经入团了。"

古丽雅笑起来："共青团就是吸收年轻人的。你知道吗？好弗罗霞，今天我要像燕子那样跳水了！"

"哎哟，这是怎么回事？"弗罗霞吃了一惊。

"就是这么回事！"古丽雅张开两只手，"你不要怕，我不会出事情的！"

她亲过弗罗霞，就走了。

"今天一切事情多么好、多么可爱呀！"古丽雅一面下楼梯一面想，一步就跳三级，"还是不久以前，有一个傍晚是那么悲哀，可今天是那么好！趁着今天这个日子，我能够像燕子一样跳水就好了！"

上回，奥列霞说古丽雅跳水不像"燕子"，像只"小麻雀"。古丽雅现在沿铺着松软的雪的白色街道迈步，尽力清楚地想象出来，准备跳水时必须做的每一个动作。

游泳池里白的和浅蓝的瓷砖映着电灯光，闪闪地发亮。古丽雅在更衣室里很快地脱掉衣服，穿上游泳衣，跟往常一样，走到三米高的地方。

奥列霞从下面对她叫道："今天要从五米高的地方跳下来！"

"五米？"古丽雅问她，"嗯，好的。"

她沿着梯子走到比从前高两米的地方。她到了跳台上，不自觉地想抓栏杆，可是栏杆没有了。这样一来，古丽雅觉得跳台比实际上至少高了一倍。

古丽雅的腿有点儿哆嗦了。

可是下面已经传来命令："跳！"

古丽雅鼓起了勇气，很快地跑起来，往下一跳，两手像翅膀一样张开，人飞下去了……她全身挺直，像燕子一样地往下飞。一眨眼工夫，她的头已经插到水里去。一直平静的发光的水面，一下子溅起了像喷泉那样的水花。

"好！"奥列霞快活地嚷起来，"只是你没算准高度，所以溅起了水花。你刚才是跳三米那样跳法。你再练习，这缺点就可以克服了。"

古丽雅重新走上跳台，照奥列霞教她的样子跳下来。

女教练员说："好极了！"

古丽雅问她："现在可以走了吗？"

"可以，走上去吧。"

“走上去？为什么走上去？”

“跳哇！”

古丽雅问她：“从三米高的地方跳呢，还是从五米高的地方再来一次？”

“不。从八米高的地方跳。”

“从八米高的地方？！”

“怎么，害怕了？”

“怕。”古丽雅承认。

奥列霞笑着说：“学吧，还要从十米高的地方跳下来呢。”

“永远学不会的，”古丽雅低声说，同时叹了一口气，“好吧，就从八米高的地方跳下来试试看。”

她沿着梯子上去。这里经过的，是古丽雅不久前才跳过的三米高跳台；这里经过的，是接下来跳过的五米高跳台。现在还要上去。

古丽雅心里想：“嗬，多么高哇！我要没命了！”

她从八米高的地方往下一看，吓得心也寒了。

她觉得她正站在一座三层楼房子的屋顶上。

古丽雅想：“八米，加上游泳池水深四米——一共十二米！”

透过一层透明的水，游泳池底在闪闪发光。

“不行，我跳不了，”古丽雅想，“可怕呀……”

可是下面已经传来奥列霞的命令：“跳！”

“奥列霞！”古丽雅用仿佛不是自己的、颤抖的声音叫起来，“我跳不了！”

下面传来更严厉的命令："跳！"

古丽雅咬紧牙关。

她的脑子里闪过一个念头："我在区委会里对他们说过，要尽力做出勇敢的行动，我现在却说'跳不了'……不行，丢脸呐。我不怕！"

于是她眯起了眼睛，重新在跳台上跑起来，往下一跳，又像一只鸟儿似的飞起来，两臂张开像两只翅膀。

她一共不过飞了几秒钟，可是这几秒钟她觉得像是长得没完似的。

古丽雅从水里出来，哼着鼻子说："嗨，我飞了多么久啊！"

奥列霞从梯子上向她招手。

她说："你这样下去，到三月八号就可以参加分级比赛了。"

古丽雅抬头瞧了瞧上面八米高的跳台。

她问奥列霞："我可以再跳一回吗？"

奥列霞快活地回答说："跳一百回也可以！现在一回，明天第二回，以后还有九十八回。"

古丽雅重新走上八米高的跳台，这回她一点儿也不害怕了，好像当真长了翅膀似的，轻轻松松就冲出跳板跳下来，跳到透明的水里去。

物理学和列密歇夫音乐会

要考试了。

古丽雅把自己的松鼠送到开始发绿的树林子里去，把上索契去的妈妈送到车站，再回到空了的屋子里来。只有弗罗霞留在她身边。

古丽雅说："唉，好弗罗霞，我不把物理学全给温好，我就不离开这位子。"

古丽雅就在自己的桌子旁边坐下来。她用手捧着头，钻在课本里。屋子里充满了六月的阳光。窗前的洋槐树正在开花。

古丽雅忧愁地想："在第聂伯河上，现在该多好哇！最好弄一只小船顺流而下。接着躺在白色的沙上看天空！"

可是这件事情以后再说吧，考过试再说。现在除了物理学，天底下的一切东西都应该忘掉。

"热能"……好像故意跟人作对一样，正在热得无处可躲的时候，却要反复温习这个倒霉字眼——热能。

这时候，厨房里传来拖长的乌克兰歌声："我这样爱你，为什么我不是一个小哥萨克呢？"

古丽雅想："弗罗霞到底什么时候把她所有的活儿都干完了呢？你还没来得及回头看，她已经把事情全给做好，又坐下来唱她的《小哥萨克》了。我得跟人家学学！"

真的，9 点钟不到，屋子里都已经收拾好了，午饭正在擦得发亮的煤油炉子上静静地煮，弗罗霞坐在窗口，一面缝东西一面唱歌。

她唱歌常常这样：歌唱开了头，唱到不三不四的地方停下来了——一会儿是为了把线咬断，一会儿是为了对古丽雅说句什么话，一会儿是为了捻煤油炉子。接着，她仿佛没有过什么事情一样，又从刚才停下来的地方继续唱下去。古丽雅为了这些停顿很生气，不时跟弗罗霞小吵小闹。今天也是这样。弗罗霞拖长声音唱她心爱的歌：

我这样爱你，为什么我不是……

她停下来了。古丽雅静静地竖起耳朵等她唱下去，可是弗罗霞不响。

"好弗罗霞！"古丽雅哀求她，"你怎么不唱啦？"

"好古丽雅！"厨房里传来弗罗霞假装生气的声音，"我爱怎么唱就怎么唱。"

说着弗罗霞又唱起来：

……为什么我不是……

又没声了。

"弗罗霞，唱啊！"

正在这时候，有人敲门了。

"小古丽雅！"弗罗霞嚷着说，"你听见没有？有人敲门呐！可是我的煤油炉灭了。"

古丽雅在自己的屋子里回答："让他敲吧。我要温课。"

她们两人在门口碰上了，一块儿把门打开。古丽雅的同班同学娜嘉走到前厅里来，她是班里最时髦最好看的小姑娘当中的一个。

娜嘉刚喘过气就说："小古丽雅，把什么都给丢了吧！列密歇夫到基辅了！了不起的音乐会。有两张票！"

"你怎么啦，有脑子没有？"古丽雅问她，"物理学呢？"

"物理学可以放一放。为了倒霉的物理学，难道你宁愿牺牲列密歇夫吗？！"

古丽雅不作声。

"我打算开夜车念'热能'。"娜嘉说着，在镜子前面转来转去，理理头上的鬈发和衣服上的皱褶。

古丽雅微笑着，稍微皱起了眉头瞧着她。

她问娜嘉："你要我告诉你，学校里给你编了首什么讽刺诗吗？"

"给我？谁编的？什么讽刺诗？"

"你听着吧：

娜嘉娜嘉小娜嘉，
心里想的是点啥？
想用衣裳和额发，
使得别人喜欢她！

"这讽刺诗是你自己编的！"娜嘉说着，脸有点儿红了。

“小娜嘉，你别生气！”

可是娜嘉没想到要生气——同学们常常笑她，这种事情她早就习惯了。

她说：“小古丽雅，你知道吗？我跟咱们班里一个小姑娘换了些东西：我给她一张抽香烟的列密歇夫的照片，她给我一张戴帽子的列密歇夫的照片。”

“去你和你的香烟、帽子吧！是人呐，最后总会变聪明的……”

“你是变聪明了的人吗？”娜嘉笑起来。

古丽雅严肃地说：“小娜嘉，我不开玩笑，你也知道，我很容易失去控制，尤其是碰到这种音乐会的话。只好尽力控制自己呀！你以为我愿意闷在家里吗？可是还有足足五十页呢。你明白吗？”

“这些东西，你已经念了一年了。”

“那算什么！你也念过了，可是你恐怕什么也记不住了。”

娜嘉斜着眼睛瞧瞧镜子说：“一点儿影子也没有了！”

“那有什么好呢？你要考不及格的。”

娜嘉只是耸耸肩膀。

“你呀，小古丽雅，老是要求自己和别人做办不到的事情。唉，不能强拉人上天堂。你坐着死用功吧！”

娜嘉“啜”的一声亲了亲古丽雅的脸蛋，就跑了。

她走了以后，门还没关上，电话就响了。

一个男孩子害臊的声音，叫古丽雅上第聂伯河划船去。

“我不能去！我忙着呐！你们别打搅我了！”古丽雅嚷着说，嗓子里带哭声，她搁好电话，用沙发垫子把它给盖起来。

“就算你像打雷那么响，我也不再过来了！”她说着走到自己堆满书本的桌子旁边。她坐着温物理学，直到傍晚没站起来过。

吃过晚饭，她对弗罗霞说：“唉，好弗罗霞，但愿你知道就好了，我错过了多么好的一个音乐会呀！……你就代替列密歇夫，给我唱个歌儿吧！”

弗罗霞于是拖长声音，唱起她的《小哥萨克》来了，这一回她没停过。

奥帕纳斯伯伯和娜嘉

天亮了。天空又透明又干净，上面清楚地映衬出洋槐树的树枝。

古丽雅在准备考试的这段时间里，已经迎接过多少个这样的大清早啦！

古丽雅在浴室里用冷水淋浴，同时想："现在我做了共青团员，要是得不到'优等'，那就太可耻了。我怎样见他们大家呀？……唉，可怕！"

水又凉，心又乱，古丽雅像发疟疾似的哆嗦起来。她赶快用毛巾擦干身子。

"哆嗦得像白杨树的叶子那样，当然也是一件蠢事。从八米高的跳台跳下来——没什么，好好的。那么在考试上头呢，不管发生什么事，脑袋总在脖子上啊。就算它是空的，里面什么也没有，可也是脑袋呀……"

古丽雅很快地做了几下体操，穿上衣服，在厨房里吃过早饭，就出去了。

弗罗霞送她到门口，还在楼梯口站了好大一会儿，低头望过栏杆。

又静又凉快的街上还没人，只有一些系白围裙的清洁工人在扫人行道。

古丽雅一路气昂昂地走，心里想："我不能让任何人看见我有一点儿哆嗦的样子。我的脸色要让谁也猜不出来我正在去考试。还是清洁工人运气，他们用不着考物理学！……”

她抓住校门的把手。

在长走廊的尽头，学校的看守人奥帕纳斯伯伯坐在一张小桌子旁边，用手掌托着他苍老的、灰白色的脸。这老头儿在打瞌睡。

他听见脚步声，就抬起头来。

“啊，一只早到的小鸟！”他对古丽雅笑了笑。

“您好，奥帕纳斯老伯伯。”古丽雅说着，在窗台上坐下。“多美好的日子啊！可是为了这些考试，要坐在闷气的屋子里出汗。这时候能够到第聂伯河去就好了……”

老头儿点点头：“没关系，好日子多着呐。第聂伯河总在那地方。”

古丽雅跟奥帕纳斯伯伯很好。她从家里带烟草来给他，照着他说的话，替他写信给在波尔塔瓦的那些孙子。可是老头儿爱她和看重她倒不是为了这个，而是为了她是一个“聪明姑娘”。她做上什么事情，怎样也不会半途而废的。

奥帕纳斯伯伯在学校里已经干了四十年，又是快乐又是闹哄哄的学校生活，已经代替了他的家。他保护学校的地图，保管一切屋子的钥匙，特别爱在教师做物理实验的时候到物理实验室去。教师做实验，有时候什么事情做不好，奥帕纳斯伯伯就上前帮忙。他用老年人哆嗦着的手有把握地拿起仪器，在眼前转来转去，最后差不多总是发现做不好的原因。

“尼古拉老师，要它正常地摩擦，这轴太紧了。轴，看见吗？”

于是一切顺利进行：又照规矩发热、沸腾、爆出火花，“卜卜”地响了。

“奥帕纳斯伯伯，”古丽雅把手搭在他的肩膀上说，“我早就想问你了。这是怎么回事儿呢？您没念过物理学，可是做实验有时候比尼古拉老师做得还好。”

“可不是？”奥帕纳斯伯伯安详地回答，用纸卷烟卷，“他是理论家，我是实践家。懂吗？”

“懂了，”古丽雅忍住笑说，“奥帕纳斯伯伯，您告诉我，尼古拉老师考试很严吗？他一回还没考过我。”

“你会看到的。”奥帕纳斯伯伯神秘莫测地说，滑头地瞧瞧古丽雅。

古丽雅担心地叹了口气，从窗台上跳下来。

她在走廊里一面来回走，一面想：“快点儿考吧！”

门“嘭”的一声，娜嘉朝古丽雅急急忙忙跑过来。她照旧打扮得花枝招展，可是头发是马马虎虎梳理的，花边的小领子也卷在里面。

“我完了……”娜嘉像快死的人那样嘁嘁喳喳地说，“我要垮了，你看——我要垮了！”

她赶快翻物理学课本，这课本已经散开，上面乱七八糟地画满了图画。

“你明白吗？我一直在倒霉……许多不吉利的事情……小猫穿过街道……一个驼子也没碰见[①]……好像故意跟我作对似的！我那件会带来

---

① 照迷信的说法，碰到猫在面前穿过，这是不吉利的。可是如果能够碰到一个驼子，在他的驼背上摸一下，那么晦气就可以消除了。

好运的浅蓝色衣服偏又洗了！还有奶奶！……我求她把指头在墨水里浸一浸，可是她说什么也不肯！”

“求奶奶？在墨水里浸一浸？这是为什么？”

“什么为什么？！你不知道吗？”娜嘉很惊奇，“这是个好办法。你家有人把指头在墨水里浸一浸，那你考试就会及格，就一定会考到‘优等’。嗯，至少也考到一个‘好’。”

古丽雅哈哈大笑，这么一笑，她马上轻松镇静了。

她说：“你那可怜的奶奶！你还是求她在墨水里洗个澡吧。”

“你还笑呐！你要是不及格，你就不会笑了！”娜嘉生气地说着，走到另外一个窗口。那儿已经有一大群男生。

娜嘉一走到他们身边，所有的人都喊喊喳喳起来了，“嗡嗡”响起来了，动起来了。

奥帕纳斯伯伯皱起眉头，瞧瞧那些孩子。接着他拿起铃铛，一声不响，猛地摇起来，大家不由得吃了一惊，回过了头。

“小古丽雅！”娜嘉嚷着说，“你肯提示我吗？我求求你！”

奥帕纳斯伯伯给了娜嘉一个白眼，重新摇铃。

孩子们跑到各自的课堂里去。教师从教师休息室里接连出来——有自己的教师，也有不认识的教师。他们顺着空空的走廊，低声谈着话走过。课堂的门先后关上。考试开始了。

走廊墙上挂着的圆钟，指针已经靠近 12 点。可是在静悄悄的课堂里，学生们的命运还在决定当中：有人过得去，有人过不去。毛玻璃门里面一片静，又紧张又严肃，考试日子总是那么静的。

走廊里只有奥帕纳斯伯伯走来走去。

可是九年级乙班的门忽然打开，一群男女学生分散到走廊上来。这些心慌意乱、惊魂未定的孩子抢着告诉奥帕纳斯伯伯，抢着你告诉我我告诉你，说什么人把什么问题“答对了”，或者“答错了”。

空课堂里，娜嘉和古丽雅坐在最后面一张课桌椅上。娜嘉用洒过香水、被眼泪弄湿了的手绢擦着眼睛和鼻子。古丽雅对她说：“好了，别哭了。你照规矩从头温起吧，秋天以前会补考及格的。一个夏天来得及做许多事情。”

“一个夏天？”娜嘉“呜呜”哭起来，“夏天温物理学？”

她哭得更响了。

古丽雅说：“我来帮助你！”

“你帮助我！”娜嘉叹一口气，“你得了‘优等’，为什么要你来念这种枯燥的东西呢！”

奥帕纳斯伯伯拿着抹布走进课堂。他擦干净写着什么公式的黑板，打开课堂的窗子，摆好教师坐的椅子。

接着他瞧瞧哭着的娜嘉，说了一句也许是同情，也许是责备的话：“瞧物理学把这小姑娘弄成什么样子啦！”

顺流而下

最难的一次考试已经考过了，古丽雅决定让自己休息一个晚上不做功课。

她吃过中饭就上第聂伯河去。

古丽雅在水上娱乐站租了一只小船，把它从岸边撑开来，坐得舒服些，拿起船桨。

她拿定了主意："顺流而下吧，这样容易划些。"

古丽雅轻轻地把桨一撑，船就离开了岸。船后露出一道波纹。杨树的尖树梢在水中摇晃。船轻轻地漂走。

绿岸很快地后退。岸边的沙滩现在看上去像一根黄色的窄条子。呼吸变得畅快了。

古丽雅想："能一辈子看着第聂伯河该多好，天底下没有更好的东西了！"

她回过头去，城市在傍晚的薄雾里不见了。

"哈哈，我走了多远啦！两公里或者不止了吧。不是该回家了吗？"

古丽雅使劲划桨，想把船头转过来，可是水流不答应。它重新使得船尾对着城市，把船继续朝第聂伯河下游带去。

古丽雅使尽了劲，可是船不听话。它被水越带越远，河要它到什么地方，它只好到什么地方去。

古丽雅好久没划船，再加上太用力，她的肩膀、手、背都痛了。

“傻瓜，真是一个傻瓜！”古丽雅骂自己，“天都黑了，我干吗走那么远呢？船就算不翻，恐怕也要把我给带到河口去。”

第聂伯河汹涌起来。傍晚风越来越大，越来越猛烈。附近岸上看不见一所农舍，水上看不见一只船。别想有人来帮忙。天越来越黑了。

古丽雅咬紧嘴唇，全力跟第聂伯河斗争。有时候她胜利，有时候河占优势。

“不行，”古丽雅心里想，“这样做没用处，我的手已经抓不住桨了。得休息一下！”

她于是停止跟河斗争，放下了船桨。第聂伯河仿佛正要她这样做。它把载着古丽雅的船轻轻地一摇一荡地带走，带到它把一切落到它上面的东西都带去的地方——顺流而下，顺流而下。

“没关系，没关系，你带不远的！”古丽雅说，“我歇会儿，然后再跟你拼过！”

她想起了从小就熟悉、从小就爱唱的一支小歌，于是唱起来：

暴风雨要来了——

我们要跟它争，跟它斗！

也许由于这些美丽和勇敢的字句，也许由于自己这种年轻响亮的歌声，她更加镇静了。

过了几分钟，她觉得自己的手休息够了，肩膀可以舒展了。于是她重新拿起船桨，照在阿尔迪克时候人家教她的法子，不急不忙地用船桨的两头轮流划船。

“左面，划！右面，划！”她对自己喊口令，“左面，划！”

最后，船听话了：它沉重地转过身来，船尾对着河口，船头对着城市，随着每一个浪头起落，开始慢慢儿地、一米又一米地接近基辅码头。

古丽雅唱道：

> 过了远远天气恶劣的地方，
> 有一个幸福的所在！①

等她划到水上运动站，天已经全黑了，管船的老头儿接过她的船，责备了她好大一会儿：“你最后一个到！怎么，要我为了您在这儿过夜是不是？”

古丽雅回答说：“对不起，老爷爷。我自己也不想走远，可是水把我给带走了。”

古丽雅回到家里，累得要命。她恐怕从来没有这样精疲力竭过。弗罗霞可怜她，把她的晚饭端到床上来。

“好弗罗霞，你明白吗？”古丽雅大吃樱桃馅饺子，两边脸蛋都鼓了起来，溅出了果汁，一面吃一面说，“你明白吗？今天我一点儿没练习就划到很远很远的地方……”

---

① 这是俄国诗人 H. 雅柯夫的两句诗。

“唉唉唉，没练习！……”弗罗霞同情地摇头。

“这是开玩笑吗？我差点儿被水带走了，你明白吗？可是这个教训对我很有用，我不说你也明白。我考试完了以后要每天去划船，划划熟。我要把整条第聂伯河划过，从上游划到下游，从下游划到上游。”

“哎呀，你说的什么呀！”弗罗霞叫起来。

“是的，是的，要划遍整条第聂伯河！不过现在我要聪明一点儿了。力气足的时候朝上游划，累了就可以顺流下来！……”

第二天早晨，古丽雅上娜嘉家去拿数学习题课本。新的考试——几何考试快到了。娜嘉不在家。她的奶奶，一个很干净的瘦女人（正是那不肯把指头放在墨水里的人），请古丽雅等娜嘉回来。

饭桌上放着一件打开袖子的浅蓝色夏天衣服（大概就是“会带来好运的”那一件吧）。奶奶熨平它上面的皱边。

她用一个指头试试很热的熨斗，说：“我不知道拿她怎么办好。我的小娜嘉一点儿不听话！她不肯自己洗，自己熨。她只管打扮，玩儿。一个乱闯乱撞的姑娘，真是一只小山羊。”

喷气的熨斗发着生气的“吱吱”声，在浅蓝色的湿麻布上滑来滑去。

奶奶接下去说：“她昨天真把我气坏了。她说：‘我几何不考了。总之什么都不考了。’我就说了：‘不考——这是什么话？！’‘我要请求挪到秋天去补考。秋天跟物理学同时考。反正嘛，’她说，‘一个夏天完蛋了！’”

奶奶按着熨斗熨，浅蓝色的麻布给滚烫的熨斗压得有点儿白。熨斗烧得火热，“吱吱”声越来越响，好像它跟奶奶一样恨娜嘉。

“所有的考试都到秋天补考吗？”古丽雅很惊奇，“她怎样也考不及格的！”

“我也这样说，要考不及格的，”奶奶叹了一口气，“昨天她把我眼泪也给气出来了。”老太婆把熨斗在空气里挥挥，让它凉一点儿。“这轻浮的丫头真要把我给气死！”

奶奶擦掉眼泪，把熨斗在浅蓝色的麻布上再拖一次，就把这件干净得发亮的衣服放在花边床罩上。

前厅里钥匙“喀嚓”一声。

奶奶说：“她来了，那不害臊的家伙。我可怜她到底是个孤女，从小没妈妈，爸爸又老是出门办公事，所以她高兴怎样做就怎样做……”

鬈头发、细腿、走路轻飘飘、实在很像一只山羊的娜嘉跑进屋子，一面跑一面亲了亲奶奶，又亲了亲古丽雅，马上扑到床边去。

“谢谢你，好奶奶！我正好弄到了一张奥尔洛娃音乐会的票，需要新熨好的衣服。哎呀，我这个不是奶奶，倒是一块真金呐！”

她想了想，又加上一句：“当然，这是在她不唠叨的时候。”

奶奶只是叹了口气，到厨房里去了。

“小娜嘉，你这是什么想法？”古丽雅开口了，“要丢掉学校还是怎么的？”

“奶奶已经对你说过我的坏话了是不是？”娜嘉问，“我不想丢掉学校。我只想把那些叫人头痛的考试留到秋天去考。秋天反正要考物理学，把所有的科目都挪到那时候去顺便一起考吧。”

“小娜嘉，你的‘顺便’要弄得你碰壁的。你为了物理学不是哭了很久吗？”

“我怎么会碰壁呢？你自己想想吧……”

娜嘉于是给古丽雅说明，她为什么要把考试挪到秋天。第一，一年下来，她累得脑袋里装不进东西，夏天她想休息一下，养精蓄锐；第二，夏天在多雨的天气里温习功课非常好（“你明白吗？反正没地方可以去！”）；第三，老师们夏天也休息，要变得和气多了。

“第四，”娜嘉接下去说，“再加上我的运气近来很差，实在坏！现在还是不要冒险好。”

古丽雅摇着头听她说完。

然后她说：“你要知道，顺流而下非常容易，是一种快乐。船好像自己在那里走。可是你试试看往回划吧。你被水顶住，划也划不动！”

娜嘉弄不懂，瞧着古丽雅。

“我不明白你在说什么！那是划船，这是考试，完全是两回事儿！”

“完全没有两样！”古丽雅起劲地说，“你要明白——这个比方处处合用，绝对合用。你只要放纵自己，只管轻轻松松过日子，那么流水就会把你给带走，你也划不回来了。这个比方应该一辈子记住。这是最最重要的！”

古丽雅只顾说话，没注意到奶奶回到屋子里来。她拿着咖啡壶，站在门口听古丽雅说话。

最后她说：“对的总是对的。我活到七十岁了，也要说这几句话。顺流而下是危险的……”

娜嘉打断她的话：“你从来没划过船！”

“从前划过，比你划得还多呐。”奶奶冷笑了一下。

前厅里电话铃响了。

娜嘉急忙冲出屋子。

“古丽雅，是你的电话！”传进来她失望的声音。

“我的？”古丽雅很奇怪。

电话里忽然吱喳吱喳、哗啦哗啦地响。古丽雅马上猜到了，这是弗罗霞打来的电话。弗罗霞对着电话总是这样嚷，好像她在离基辅几千公里的地方。

古丽雅说：“好弗罗霞，轻点儿说，我一点儿也听不出来……”

弗罗霞于是压低一点儿声音，古丽雅最后听出来了：“快回家，爸爸从莫斯科来电话！快！”

“爸爸！”古丽雅很高兴，“我就来！”

她差点儿没把电话扔在地上。

她跑到家里，心“扑通扑通”直跳，对爸爸不知道能不能说出话来。可是长途电话局不是马上就叫电话，所以古丽雅来得及休息一下。

爸爸对她说的话，她不是个个字都听见，可是最主要的意思她明白了：他打电话给她，只为了鼓励她渡过考试的难关。

爸爸那又亲热又熟悉的声音从老远的地方很弱地传来，听着比一向还要亲切，还要柔和。

古丽雅温柔地把黑色的电话摸来摸去，特别快活地嚷着说：“好的，好的，好爸爸，我要支撑下去！物理学‘优等’！文学‘优等’！我亲爱的好爸爸，谢谢你打电话给我！……”

又一次考验

考试那整座楼梯又陡又难走，可是古丽雅一级一级都走完了。有些梯级低些，有些梯级高些，有些要多作准备，有些可以少准备些。

等到一级一级的楼梯最后都走完，古丽雅觉得楼梯根本不太高。

考试考得非常好，可是古丽雅没机会休息。

前面又是新的考验——这一回是体育：全市游泳比赛和跳水比赛。

经过一个时期的埋头念书，古丽雅特别喜欢跑到水上运动站去。

夏天已经到了最热的时候，跳水的学习从游泳池移到第聂伯河水上运动站去了。

古丽雅的鼻子晒得红红的，全身是巧克力糖的颜色，只是头发越发淡了。

她把比赛准备得很好——就算明天要当着全基辅的人从跳台上跳下来也没关系！现在只少一样东西：一顶橡皮帽子。

可是真气人，那年夏天，哪一家铺子都没有这种帽子。

对古丽雅的一切事情一向最关心的米拉对她说："你知道怎么办吗？写信到列宁格勒，直接向红三角工厂函购。"

古丽雅说："你疯了吗？"

"没疯，你到底是个女演员呐。他们大概认识你的。"

古丽雅说："这种演员多得很！"

可是米拉拿定了主意，拿来一瓶墨水一张纸，坐下来写信。

过了一会儿，古丽雅面前放着一张信稿，上面写着米拉那笔画工细的好字：

“寄给红三角工厂共青团委员会。

“亲爱的同志们！

“请原谅我写信给你们。我不知道你们记得我不记得。我拍过许多部电影，像《游击队的女儿》等。现在我就要参加全市的游泳比赛和跳水比赛了。我得从十米高的跳台上跳下来，可是我没有橡皮帽子。你们能不能帮帮我的忙……”

古丽雅的眼睛在信稿上溜了一转，拿起钢笔。

“‘十米高’这话用不着。我从多高的跳台上跳下来，对于他们还不是一样……‘等’用不着，我拍过的电影实在不多……”

“这样一来全给你画掉了！”米拉说着，用手遮住稿子。

古丽雅嘟囔着说：“最好是全画掉，寄出去很难为情的。连我的帽子这种小事情也管，工厂的事情可太多了。”

“不过你要帽子不是为了漂亮，是为了全市比赛呀。”

“那好，寄吧！”古丽雅说，“咱们来看看这样厚脸皮会有什么好结果。”

她皱起了眉头，把信抄了一遍。

可是她一想起这封信就觉得不舒服，不快活。她照旧跑到一家家铺子去找帽子。

比赛前两天的大清早，弗罗霞忽然惊慌地叫醒她：“邮递员上咱们家来了。得签一个名，这里，那里！”

古丽雅迷迷糊糊地抓起笔来，在“这里”“那里”签上了名。

她接过一个端端正正的小包裹，把带子解开，包裹上有列宁格勒的邮戳和红三角工厂的三角商标。

包裹里有两顶漂亮的橡皮帽子，一顶是浅蓝底黄条子的，一顶是红底白条子的。还不只这些。

包裹里有两只橡皮便鞋，轻得像羽毛一样。最奇怪的是，它们穿在古丽雅脚上正合适。

“工厂怎么猜出我两只脚的尺寸号码呢？”古丽雅试穿鞋子，把鞋扣扣起来，觉得奇怪。

弗罗霞甚至快活得掉眼泪。

她说：“好像在童话里一样。”

古丽雅说：“浅蓝色的我自己要，红鞋子、红帽子送给米拉。她皮肤黑，红的配她。”

古丽雅把礼物用报纸包起来，包好以后才在包裹的包皮纸里发现一封短信。

红三角工厂的共青团员们写信给她：

亲爱的瓦西林卡：

高举咱们共青团的团旗吧，你参加一切比赛需要多少帽子，我们都给你寄去。

致共青团的热烈敬礼！

红三角工厂共青团员们

古丽雅把这封信一连念了十遍，然后跑去看米拉。

她下楼梯的时候，想到列宁格勒，想到给她这样好一封信的朋友——不认识的朋友，想到她一定要上列宁格勒去，去看看它的王宫、花园，它的花岗石堤岸，它那些著名老工厂。

古丽雅想："弗罗霞说得对，好像在童话里一样！……"

古丽雅走了以后，弗罗霞关上门，走到外面阳台上来，靠着格子栏杆，对自己喜爱的人看了好久。

"唉，好一个姑娘啊！一个多好的姑娘啊！"

体育节到了。古丽雅穿着游泳衣，戴着橡皮帽子，沿着摇摇晃晃的梯子走上十米高的跳台。下面第聂伯河的河岸她了如指掌。岸上满是鲜艳的点子——无数观众挤满了整个看台，他们五颜六色的衣服和帽子在太阳底下闪耀。

管乐队在岸上演奏轻快的进行曲。古丽雅上得越高，心里越害怕，同时精神上也越快乐。

跳水比赛已经快完了，古丽雅最后一个跳。

观众对前一个跳水选手的拍手声还没静下来，古丽雅已经走到最高的地方，站在跳台当中。下面远远是八米高的跳台。古丽雅想起她被批准入团那天，第一回从那高度跳下去，当时她多么害怕呀！

古丽雅站了几秒钟，正要跑，附近恰巧有一只汽船发出拖长的、响亮的汽笛声。整个跳台颤动起来，好像高树梢给风吹动了一样。古丽雅好不容易站住了脚。跳台晃了又晃。后来汽船走远了，河上的波浪平静下来，跳台也不动了。

古丽雅朝下看看。经过一天天的训练，她对这高度已经习惯，可是在以前那些日子里，下面的岸边是绿的，没有这千万双盯着她的眼睛。她心跳得连气也喘不过来。她马上就要做一种复杂的花式跳水——前空翻一周半。

“我怕吗？”古丽雅想，“不，我不怕！”

她把脚一蹬，已经在半空中蜷成一团，用手抱住膝盖飞下去。

在飞着的时候，她在空中翻了一个筋斗，接着像弹簧一样伸直了身子，落到水里去，没一点儿声音，没溅起一点儿水花。

在这一眨眼工夫里，古丽雅觉得自己好像要永远没完没了地飞下去似的。等到她重新打水里钻出来，游到梯子旁边，千万只手掌的“劈劈啪啪”声震聋了她的耳朵。她没看见人。她觉得整个岸上，整条第聂伯河都在拍手。

她回头朝评判员的方向看去，看见了几块高高竖起的木牌。每块木牌上闪亮着一个鲜红的数字——“9”。在今天这场比赛当中，这是跳水运动员们得到的最高分数。

她晚上很迟才从运动场回家。像平时一样，她跟自己忠实的朋友米拉一起走。

米拉握紧她的手说：“古丽雅，你真运气，世界上什么事情你都能做成功。”

古丽雅想了想，回答她说：“不，这不是运气，我不过是尽力争取达到目的罢了。照我看来，每一个人都可以带给自己运气。我也给自己带来了运气。”

米拉认真地说："我很相信你的话。"

第二天早上，她跑来看古丽雅，样子又快活，又兴奋。

"小古丽雅，你的照片登在《苏维埃乌克兰报》上了！"

她递给古丽雅一份刚出来的报纸。

上面有一张古丽雅穿着游泳衣的全身相。

照片下面写着乌克兰文的说明：

"旗"水上运动站的优秀跳水选手古丽雅。

米拉问她："这一个'优秀跳水选手'，你喜欢吗？"

古丽雅看了看照片。

"哎呀，他们照了相！还是全身的！就是我的镜头没对准。"

"你别吹毛求疵了！"米拉说，"可以说对得准极了。你把这张照片挂在墙上吧。"

"不！我还是把它寄给爸爸。我知道他会高兴的。现在我打电报给爸爸和妈妈。他们的女儿到底升上十年级，全市比赛也赢了！这些事情不是每天有的。"

两个小姑娘上邮局去。古丽雅在桌子旁边坐下来，写了两份内容一样的电报——一封发到索契，一封发到莫斯科："考试及格比赛得胜人好好的没着凉没淹死亲你。"

她又署上名——十年级学生。

发出电报以后，古丽雅就觉得从这一分钟起，她的休息开始了。

娜嘉又改主意

古丽雅回到家，弗罗霞说："小古丽雅，邮递员又来过了！把这封信拿去吧。"她交给古丽雅一封封紧的小信。信上用歪歪斜斜、完全是小孩子的字体写着"古丽雅亲启"。

信是娜嘉来的。她在信上说：

亲爱的古丽雅，你别以为我疯了，或者以为我发四十度高烧。我决定不考试了，留级一年。

不过我还没完全决定，我想先跟你商量一下。你要知道，你是我唯一的朋友，除了你，我就一个朋友也没有了。这件事情我不能够跟奶奶说，我大概有四天没跟她说话了。当然，她认为我是个十足的懒孩子，不愿意在夏天温书。为了那些倒霉的考试，我跟她说得已经太多了。再告诉她我自己愿意留级，那就不用想了。我想象得出，要是告诉她的话，我们家就要吵翻天！！！这件事情还是到秋天再告诉她吧，那时候反正事情已经定了……

我在这里整天发闷。住在这别墅里糟糕极了，一个鬼地方。我不知道住在别墅里的人在这树林子和小河里能找到什么好东西，什么特别的东西都没有。天气的确好，就是热得受不了。只有晚上，当天上有星星，周围像死一般静的时候还可以。

你知道，古丽雅，我无聊得甚至写起诗来了——我还押上韵呐。念念看，把你的意见写给我。

献给古丽雅

我记得那美好的一刹那工夫，

（这一行是抄莱蒙托夫的，可是接下来全是我自己写的。）

我跟你一起散步。

周围鸟雀吱喳乱叫，

星星开始闪耀。

月亮在浅蓝色的广大天空上，

闪闪地从高处下望。

海在我们脚下吵嚷……

我和你坐着一声不响。

现在我一个人坐在窗旁

摆开了书本，

我亲爱的朋友如今在远方，

只有我一个人，一个人一个人……

这是真的，古丽雅。我在这儿真的是完全一个人（当然，如果不把奶奶算在内的话）。可怕的忧郁。熟人一个也没有。周围是一些住在别墅里的人，带着他们的小娃娃，甚至穿了新衣裳也没地方去。爸爸只有休息日才来。奶奶就是关心一件事情：营养问题，好像天底下没什么精神上的乐趣了。在这别墅里实在没有事情可做。

要不是我现在开始给自己结绒线衫，我就要闷坏了。（这件绒线衫完全是外国式的！红三角，蓝三角，红袖子，蓝袖口。样子非常好！我结腻了就把绒线衫塞给奶奶，她嘟哝一下，可是结了。）

古丽雅你知道，我以为在九年级留级一年到底是明智的，因为我反正考试考不出来嘛。此外，我学习起来将要容易些，还可以腾出一些时间来看旁的书。我要看遍所有古典作家的书和一些科学书。把你的生活写信告诉我吧。我听说你很幸运，跳水创了纪录，不像我这倒霉的人，要待在这别墅里活受罪。

我们这儿有好多好多花。它们每天晚上发出很好的香气，要是没蚊子就好了……

等着你的回音，就像夜莺等着夏天一样……热烈地亲你。

爱你的朋友：娜嘉

古丽雅念完信哈哈大笑。

她想："好一个小娜嘉！'在九年级留级一年到底是明智的。'让她留个痛快吧。得把信给米拉去看——她准会大笑一场的！"

古丽雅打电话给米拉："请你来，有急事。"

不到半个钟头，米拉就来了。

古丽雅请她坐在沙发上，然后把娜嘉的信给她看。

米拉把小信纸拿到眼前。她起先静静地、严肃地皱起一点儿眉头念，后来忽然笑得喘不过气来，在沙发上躺下了。

“嗐！”她擦着眼泪说，“照我看，天底下再没有比你那娜嘉更聪明的人了！当然，她的本意是，既然十年级升不上，那最好能在九年级留一年，嗯，你怎么回答她呢？要知道她等着你的回音，就像夜莺等着夏天一样啊。”

“我想这样回答她：‘不要费你的神啦——堕落到底吧！不能升级，那就留级好了。’”

“对于那诗，你提什么意见？”

“我劝她念古典作品，好知道自己抄了什么人的诗。要不然偷了普希金的诗，还说是抄莱蒙托夫的！……”

直到秋天开学，古丽雅才看到娜嘉。课间休息时候，她们在学校的走廊里见面。娜嘉聪明地留了级，现在她们念不同的班级了。

“古丽雅，”她冷冷地说，“我要跟你谈谈……单独谈谈！”

“好，咱们到窗口去吧，”古丽雅说，“在那边可以单独谈谈。”

她们坐在窗台上。娜嘉不作声。“怎么样？”古丽雅问她。

娜嘉说：“难道你自己不明白？……”

“暂时还不明白。”

“既然这样，咱们再没什么可说的！”娜嘉清楚地说了一声，就把身子转过去。

“小娜嘉，你别装腔了！你想说什么就说吧。”

娜嘉猛地向古丽雅转过身来。

“别装腔？好！你不能做真正的朋友。我永远永远没想到，咱们的交情会这样断了。请你说吧！你在十年级，我在九年级……咱们能够有什么共同的兴趣呢？……每回休息，你一会儿跟霍洛多娃走，一会儿跟阿加娘走，一会儿跟舒尔卡走，可是对我呢——理也不理……好像我已经死了一样！就是死人，还会有朋友到他坟前去送花呐……”

眼泪在娜嘉的眼眶里打转。

“我总以为交情就是交情！你在北极，我在南极，咱们还是要好的。可是什么东西把你我分开了呢？一堵墙！”

“不，”古丽雅严肃地、轻轻地说，“不是一堵墙。”

“两堵还是怎么的？”

“还要多。明白吗，小娜嘉？我和你在窗台上整整坐了十分钟，可是咱们没话可说。一件事情也没说到一块儿去……霍洛多娃、阿加娘，北极、南极——多么无聊的话！你我都已经不是一块儿玩沙的小妞儿了，差不多是大人了，干吗还说废话？不对，我能够交朋友，这一点你说错了！……”

“跟你那个黑鬼米拉交朋友，是不是？”

“是的，跟米拉。我爱她，我敬重她。”

“只为了她崇拜你。‘小古丽雅，你是个有本事的人！’‘小古丽雅，你是个天才！’你要的正是这一套。你不爱听真话。我可是这样的人：想到什么就当面说出来！……也许现在我对你说话太粗鲁了……”

“一定要我说的话，不是粗鲁，而是愚蠢！”古丽雅说着从窗台上下来，“我不想再跟你解释了。”

“代我向你的‘米里——马拉’[1]致敬和亲吻吧！”娜嘉在后面嚷。

古丽雅回头看看她，只是微微笑了笑。

“你真是一个天才呀，小娜嘉，”她说，“真正的天才！”

过了两天，古丽雅收到一封本市寄来的信。“古丽雅！”娜嘉信上说，“这两夜我反复想了许许多多事情。咱们还需要单独再谈一次。明天课间休息时候，我在楼梯上等你。你不知道我多么难熬哇。对你忠实的、热爱你的小娜嘉。”下面是附言：“不过请你别把这信给米拉看。她要不让你……总之你别相信她！她的事情，你要是全知道的话……”

这封信写得又笨又讨厌，可是古丽雅还是决定到楼梯上去。拒绝跟从前的朋友谈谈，总有点儿说不过去。

下课铃一响，她就到楼梯口去看。一个人也没有。古丽雅下去几级，看见娜嘉被几个同班小姑娘围住。

娜嘉不穿鞋子，单穿着袜子坐在楼梯上，给小姑娘们看自己那双新的漆皮鞋，鞋子上有一些很别致的穗子。

娜嘉兴奋地说：“你们看见没有，看见没有！鞋子上的漆怎样也不会裂开，哪怕在水里走也没关系，而且后跟还像一个小酒杯呐！”

小姑娘们仔细看这双鞋子，娜嘉接下去说：“说真话，很漂亮吧？这是爸爸出差带回来给我的。好，鞋子还给我吧。上面有人等我呐。”

可是上面没人等她。古丽雅早已回到走廊里去，免得打搅娜嘉给人家看新鞋子，也免得让自己又感到难过。

---

① 这是嘲笑米拉的说法。

活着好！

这是最后一学年了。

十月已经过去，可是太阳还像夏天那么晒着。夏天好像故意慢点儿离开，让人好好地看够那幽静的蓝色天空，看够那些铜褐色的橡树叶子，这些叶子好像是从压上花纹的皮上切下来的。

在电车上，人们带着一把把秋天的五光十色的小树枝从郊外回城。在人行道上，撒满了椴树和桦树的叶子，跟金币一模一样。在学生的书和本子里，夹着紫红色的枫叶。

这时候，共青团员们准备在歌剧院里举行盛大的晚会。

在共青团市委会里，他们对古丽雅说："你是我们这里的演员。你来朗诵诗吧。你挑一首自己喜欢的。"

"我不是一个话剧演员呐，"古丽雅慌了，"我不过拍过电影，而且是好久以前的事情了。朗诵诗，而且在歌剧院的大舞台上，我怎样也不敢。"

"好啦，好啦，鼓起勇气来吧！"

古丽雅只好又鼓起勇气来。她拿起自己喜欢的那些诗人的诗集，翻了好久还没挑出一首来。一会儿她想念莱蒙托夫的《匕首》，一会儿想念涅克拉索夫的《俄罗斯女人》中的一段，一会儿想念勃洛克的《在库利柯夫原野上》。最后她选定了不是上述的第一种、第二种，也不是第三种，而是马雅可夫斯基的诗——《好》。

我，

全地球

差不多

都走到，——

生活

好，

活着

好！

她在屋子里走来走去，大声地念了又念，忽然骄傲地抬起头来，站着。

在我们战斗的、

沸腾的喧闹中

更加好！

古丽雅举起了手，弗罗霞从厨房里探出吃惊的脸。

“好弗罗霞，没什么，没什么，”古丽雅说，“我这是在念诗。”

弗罗霞满意地点着头，缩进门里不见了。

晚上，古丽雅跑去看米拉，打听她节目准备得怎么样，米拉也要在歌剧院的音乐会上登台表演。

米拉失望地说：“一点儿不行！手不听使唤，简直不听使唤。我在这次音乐会上会失败的。我会叫音乐会失败的。”

古丽雅说：“不会的，我才不为你担心呐。你知道谁会失败吗？是我！”

“不，你不会失败的。”

“你自己想想吧，米拉！我上回在台上朗诵诗，那时候还是十二岁，在少先队的队会上。那一回朗诵的也是马雅可夫斯基的诗——《大起来做一个什么好？》。以后我就没朗诵过了……”

米拉说：“你反正不会失败的。我知道你！”

这几句话差不多每天都重复一次，直到开音乐会那天为止。古丽雅和米拉在盛会开始前半个钟头来到歌剧院，从舞台侧面看了看空空的大厅，心里更加慌了。

米拉低声说：“嗨！好像钻到凉水里去一样！”

古丽雅说：“可是我觉得热。”

“那么你来暖和暖和我的手吧。我的两只手全冻僵了。我怎么弹得起来呢！”

古丽雅擦着米拉冰凉的手指。

这时候，大厅里慢慢挤满了人。乐队的小提琴、笛子和大提琴乱七八糟地响起来。管事人在桌子上铺上红桌布。

接着所有的人忽然都静下来。幕布动了一下，拉开了，盛大的晚会开始了。

古丽雅和米拉站在后台，台上的话传到这儿来，声音有点儿两样：虽然很近，可是很不清楚。下面传上来拍手声，好像海啸一样。

演讲人自信和坚定的声音，安定了古丽雅的心。她抓紧了米拉的手，低声对她说："一切会顺利的。你瞧着吧！"

现在她为米拉担心超过为自己，在这样大的厅里，米拉是这样小。

休息的时候，古丽雅顺便弯到镜子前面去，镜子里一个金发姑娘瞧着她。这姑娘差不多是大人了，穿一件白花边领子的黑色绸衣裳，脸阔阔的，上面有一个坚决的圆下巴、两片安详和温柔的嘴唇、一对凝视着的大眼睛。

她想了想："对，我的确不会失败的！"

钢琴已经推到台上，闪闪发亮的钢琴盖支起来了，枝形吊灯的光在盖子上跳动，就像在一面黑镜子里跳动一样。

米拉脸也白了，好像一个溺水的人那样看了看古丽雅。

"门德尔松！"共青团员米沙在台上庄严地大声说，好像要把门德尔松本人叫出来一样，"《随想回旋曲》！"

可是出场的不是门德尔松，羞答答地走出来的是头上盘着黑辫子、身上穿着蓝色天鹅绒衣服、长得瘦瘦的一个女孩子。

"基辅音乐学院学生米拉！"米沙把她介绍给观众以后，回到后台来，那副样子好像做完了一件最重要的事情。

米拉坐在钢琴前面，看着琴键。

古丽雅担心地想："为什么她不开始呢？难道慌得全忘了吗？"

可就在这时候，米拉在椅子上晃了晃身子，坚定地举起手来，把它们放到琴键上去。

大厅里响起最初几下胆小的、轻轻的琴声。

“大概开头要这样轻。”古丽雅放下心来想，又生气地瞧瞧前排一个胖子，那胖子咳嗽得真不是时候。

米拉越弹越有把握，在每一下琴声中都可以感觉到，她用乐器控制了自己的听众。

在后台，古丽雅身边站着两个人：一个是有艺术家风度的男人，一个是年纪不轻的漂亮女人。

那男人低声说：“恭喜您，她是个差不多成熟了的真正音乐家。”

古丽雅猜出来，这位头发花白的漂亮女人是米拉的教授。

“他们还会说什么呢？”

古丽雅向他们靠拢一点儿。女教授对旁边那人低声说：“惊人的才能，鲜明，细致。她真会弹！……”

古丽雅现在瞧着自己的朋友，这位很少对她讲到自己的成就，却很高地评价古丽雅每一个成就的朋友，觉得特别感动。

“我亲爱的小姑娘！”她想，“她在台上控制着自己，控制得多么好，多么自然呐！好像她已在这歌剧院里登台过一百回了……可是，她刚才还多么着急呀！真正的天才总是谦虚的。”

所有这些话，古丽雅都没来得及对米拉说。拍手声刚一响，米拉刚幸福地回到后台，米沙那快活的声音就从前台传来了：“马雅可夫斯基的诗——《好》，古丽雅朗诵。”

古丽雅脚步轻飘飘地出台，打米沙身边跑过的时候，对他低声说：“念坏了可怎么办？”

“瞧你这人！还说笑呐！”米沙在后面对她说。

在高大的舞台上，最近一星期弗罗霞每天听到的话响起来了：

我，
全地球
差不多
都走到，——
生活
好，
活着
好！

听众不知道怎么的，马上就相信马雅可夫斯基和古丽雅的话了。从这个强壮、端庄的女孩子那两片嘴唇间吐出来的话——又简单又响亮的话，是那么有说服力：

生活
好，
活着
好！

古丽雅觉得所有的人都明白她，都赞成她，每个人不由自主地重复她从台上投下去的诗句。这一来，她的声音越来越奔放，越来越有力，越来越雄壮了：

我们
不会变老，
就算活到
一百岁的年纪。
一年一年
增长起来——
我们的朝气。
你们来歌颂吧，
锤子
和诗，
歌颂青春的土地！

古丽雅念完了。米拉在后台冲着她说：“瞧这拍手哇！你只要听听他们怎样给你拍手哇。”

“不是给我拍手，是给马雅可夫斯基拍手。”古丽雅说，“他们给你拍手，才真是给你拍手呐！”

“也许是给门德尔松拍手吧？”

“嗯，一部分也是给门德尔松拍手！”古丽雅笑起来。

她们两人轻松地跑进大厅，去看音乐会其他演出的人怎样经受她们刚经受过的担心害怕。

大起来做一个什么好？

慷慨、好客、温暖的夏天又来临了。古丽雅已经考完最后的一些科目，毕业生也搭伙快活地庆祝过他们的毕业了。

对于每一个昨天的学生，现在都严肃认真地提出了一个问题：做一个什么样的人？

古丽雅什么事都习惯和米拉商量。她不等米拉从别墅回来，亲自上她那儿去，要找她一块儿考虑、商量。

松树林子里有一股晒了一天的松针树枝味。古丽雅坐 6 点钟的火车到达。太阳已经很低，把宽宽的光条子照到铺着松针的地面上，照到松树的红色树干上。

米拉正在做晚饭，从厨房的窗子里看见了古丽雅。她快活地嚷了一声“小古丽雅来了”，就把身子探出窗外，拿切菜刀挥了又挥。

古丽雅笑着说：“看样子你是想杀我吗？”

她跑进厨房，马上帮忙做菜。

她说：“小米拉，把围裙给我。”

古丽雅卷起袖子，系上围裙，动手就干活。她削好整整一盘马铃薯，接着又在木板上切甜菜和胡萝卜。

米拉的妈妈不时和蔼地看看古丽雅，欣赏她在她们家厨房里干活的那种快快活活的做家务样子。

古丽雅拿起水桶出去打水，米拉的妈妈对女儿说：“你这位古丽雅真惹人喜欢。”

米拉得意地回答她：“我跟你怎么说来的？”

“咱们把客人安置到哪儿去呢？”米拉的妈妈问。正在这时候，古丽雅拿着水回来了。

她说：“别为我担心，我已经给自己挑好了地方：你们这儿的顶楼很不错。”

“可是那儿没东西可以睡呀。”

“我和小米拉去搬干草。天一亮我们就起来游泳。对吗，小米拉？一个人还需要什么呢？”

米拉赞成古丽雅的话，一个人不再需要什么了。

晚上，两个小姑娘在顶楼一大堆发出苦艾和薄荷味的新鲜干草上，进行了一次认真的长谈。

古丽雅说：“你知道我想出什么主意了？我想进水利土壤改良学院。念完以后——上什么地方的沙漠去开运河，跟沙漠斗争……”

“到沙漠去？！又来一个空想家了！你离开人是过不了的。不行，这个工作对你完全不合适。”

“合适的！”古丽雅固执地说，“米拉，人们把沙漠想错了。有一个最近才勘察回来的青年人对我说，那边正在进行惊天动地的工作。他拼命劝我进这学校。”

“你让他去劝吧！别听他的。沙漠是没有生气的地方。再说你这样爱水，爱游泳，爱划船，可是在沙漠里呢，只有旅行水瓶和水壶里装的水！”

“正因为这样，得把水给沙漠，”古丽雅打断她的话，“到了那时候，它整个变绿了，变成花园了。这件事情可以在你的眼前，在你的手里做成。不行，我想到沙漠里去！”

“那么戏剧、电影呢？我一向以为你要进戏剧学校的。可是现在忽然……瞧，进什么水……改……连说也说不上来。”

“我自己原先也想进戏剧学校。可是你知道吗？如果我天生是个真正演员，那我除了舞台以外就不可能再想别的东西。可是我有上千个愿望。我特别是想参加一些困难而庄严的事业，我想要斗争，想会见各种各样的人，想走遍咱们的祖国。”

“古丽雅，你非常爱生命。就是这么一回事！”

“是的，不错，我爱生命。就算给我三条生命吧，我还是嫌少，最好再给我第四条。如果总共只有一条生命呢，我就不知道打哪儿做起了……又要这个，又要那个——既要全，又要好！”

米拉说：“贪心鬼。”

“不错！”

古丽雅在黑暗里轻轻地笑起来。

“不错，小米拉，不错，好朋友，我很贪心。可是你要知道，我也是很大方的。我需要许多东西，可是我什么都舍得给。我觉得我可以为了一件大事业，把自己的生命献出来。甚至不用左想右想。你相信我吗？我不吹牛。”

“我相信，”米拉低声说，“我正是爱你这一点。不过我老是有点儿为你害怕。”

“啊，怕什么？”

古丽雅在黑暗当中摸到了米拉的手，手上的指头又细又嫩又有力。古丽雅抚摸着她的手。

“不要怕，小米拉。一切会好好的。咱们前面有美好的生活。要知道，咱们不是平白生在这样的时代，生在这样的国家的。”

月光照进顶楼的小窗子，像雪一样铺在蓬蓬松松的干草堆上。

两个小姑娘不由得抬起头来。

她们异口同声说：“多好哇！”

两个人因为想的一样说的一样，笑了起来。

古丽雅说：“咱们去走走吧。”

“我也正想跟你说这句话！”

她们用手在干草上摸自己的鞋子，把它们穿在光脚上，小心地下楼到花园里去。

黑暗的天空里嵌满了星星，月亮好像就停在黑色的白杨树树梢上。

米拉戴上眼镜，抬起头来，朝天上看了好久。

“看见了吗？”她说，“这个星座是仙后星座……要不是音乐，我就一定要做天文学家。可是我用不着选择了，我只有一条路。”

古丽雅说：“这也是幸福！”

米拉点点头。

她们不由自主地静下来，倾听夜里的什么虫在叫，沿着月光和黑树影交错的小路走。

“米拉！”古丽雅忽然轻轻地说，“你听见我的话了吗？”

米拉打了个冷战，把月光照白了的脸向古丽雅转过来。

“什么事，小古丽雅？”

“我不知道怎么对你说好……”古丽雅皱起了眉头开始说，“这是非常非常严肃的。”她喘了口气，折断了手里拿着的一根树枝。

“你明白吗？我好像爱上了一个人……不，不是好像！我爱他爱得这样厉害，我觉得又怕又快活，甚至有点儿痛苦……我知道，这种爱的感觉是不会过去的。它是永远的。”

米拉用很轻的指头温柔地摸摸她的手。

她低声问：“他是谁呀，小古丽雅？”

古丽雅好一会儿不说话。

“我暂时不说。你别生我的气。不知道怎么的，我现在很难说出他的名字来。你明白吗？这件事情到目前为止，还只有我和他两个人知道。把自己的秘密完全泄露出来，我还有点儿舍不得呐……还是找个时候，我把他带到你这儿来吧。你一定会马上知道这就是他的。不过请你装出不知道的样子。现在什么也别再问我了，好吗？”

米拉说：“随你便吧。我真为你高兴啊，我真为你高兴……”

她们在月光照着的路上，在露水闪亮的草地上还走了好久，又幸福，又互相感激。

米拉觉得很自豪，因为这样宝贵、这样美好的秘密，第一个告诉的正是她。

古丽雅不时打一旁瞧瞧米拉，心里想，天底下没有比她心地更好、更关心人的人了。

天亮的时候

一天又一天，一个月又一个月——又是一年过去了。到了一九四一年的六月。

每天夜里下着温暖的倾盆大雨。一到白天，天空又是一片碧蓝。到处有栗树新叶和玫瑰的气味。每个路口在卖玫瑰花——红的、白的。人行道上一排过去摆着一篮篮花。

全基辅贴满了大幅的海报：

赫鲁晓夫运动场（星期日）举行新运动场落成典礼

古丽雅升到了水利土壤改良学院的二年级。她已经跟那个青年结了婚：对她把沙漠说得那么了不起的人就是他；古丽雅和米拉两人在花园小路上散步的时候，她不愿意在那个可怀念的月夜里说出名字来的人也就是他——这人叫谢尔盖、谢廖任卡、谢尔加[①]。

谢尔盖像古丽雅一样，也是一个热心的运动员。对于他们两人来说，新运动场落成典礼是一件大事情，也是一个真正的大好日子。

可是偏偏不巧，傍晚时候天上布满了乌云。古丽雅朝窗外瞧了瞧，对谢尔盖说："夜里天转晴才好，要不然，整个好日子就完蛋啦！"

---

① 谢廖任卡、谢尔加都是谢尔盖的小称和昵称。

这一夜又静又黑又潮湿。窗外的洋槐树连一根树枝也不动一动。屋子里很闷。古丽雅半夜醒来，心里想："准是暴风雨要来了。快点儿来吧！气也透不出来啦。"

真的，她在睡梦中听到远远一阵阵打雷那样的"隆隆"声。

一大清早，妈妈和谢尔盖叫醒了古丽雅。他们两人都已经穿好衣服了。

古丽雅问他们："几点钟啦？难道时候到了吗？"

"到了，小古丽雅，"妈妈说，"到了。快穿衣服吧。"

古丽雅仔细地看看他们两人，看到他们那种忧虑的、异常严肃的脸色，她明白出事情了。她问他们："出了什么事？"

他们急忙用三言两语把发生的事情都告诉了她。天刚亮，德国轰炸机把它们带来的可怕东西投在基辅郊外。索洛明卡的飞机场在燃烧，伏隆斯基哨所在燃烧。

"这么说，昨天夜里的不是暴风雨，"古丽雅说，"这么说，这是战争啊！"

一直到说出这个字眼来，古丽雅才清清楚楚明明白白，以前那种幸福和平的生活要好久过不到了，残忍的敌人已经冲到国土上来，他们已经在这儿——在城市上空了。

谢尔盖好像动身上学院去听讲一样，拿起帽子说："好，我去了。"

古丽雅问他："上军事委员会去吗？"

谢尔盖点点头，亲亲她，就走了。

妈妈手足无措地说："一定要给他把东西收拾好。可是去参军带什么东西呢？”

古丽雅回答说：“最简单的东西。替换的内衣、毛巾……我看再带一把羹匙。”

“哎呀，糟糕！”弗罗霞听见收拾行李，大声哭起来了。可是古丽雅严厉地瞪了她一眼。

她说：“你怎么啦，弗罗霞？难道咱们有时间哭吗？”

弗罗霞听话地擦去眼泪。

中午，这三个女的都待在黑色的扬声器圆盘旁边，古丽雅听见了从小就熟悉的莫洛托夫同志的声音。对，这就是她以前在阿尔迪克、在克里姆林宫听见的声音，可是现在这声音里，有一种愤怒和坚决的语气。

莫洛托夫同志向全苏联的人民说：“……今天早晨4点钟，德国军队事先没有向苏联提出任何要求，也没有宣战通知，就侵犯我国，在许多地方进攻我们的国界，用飞机轰炸我们的城市——日托米尔、基辅、塞瓦斯托波尔、考那斯和别的城市，我方死伤二百人以上……”

古丽雅听着，生怕漏掉一个字，熟悉的声音在扬声器里说出这几句庄严和简单的话来：“我们的事业是正义的。敌人将要被粉碎。胜利是我们的。”她觉得这些话正是她等着要听的。

现在已经没什么可怕的了。要加倍努力，要战斗，要忍受战争带来的一切灾难。

我们的事业是正义的。我们要胜利的。

古丽雅看看妈妈，又看看弗罗霞。她们的脸又庄严又镇静。

小刺猬

深夜里，古丽雅和妈妈在黑暗当中穿过没人的街道，离开自己的城。震聋了的、正在警戒着的基辅，好像在那儿静听着什么。解除警报刚响过，得在另一个警报发出以前赶上火车。过一个钟头，乌克兰科学院的火车就要朝远远的东方开去。古丽雅就坐这一列火车走。

她拿着个小箱子，里面放着给她未来的孩子穿的小短衫、婴儿服、小被单。这些孩子用品，古丽雅、妈妈和弗罗霞准备得多么细心啊！她利用下课的每一点儿空余时间来裁剪、编结和缝纫。她本来多么十拿九稳，这孩子会得到生命开头几年所需要的一切东西——像光亮的屋子啦，舒服的小床啦，小浴盆啦，摇篮车啦，等等。可是结果完全两样。所有他的东西，现在全放在一个轻轻的皮箱里了。

这个还没生下来的小家伙，他将来会怎么样呢？古丽雅在黑暗里走，认不出她从小就熟悉的街道。她觉得静悄悄的房子摆出一副忧愁的责备样子在送她。

要不是为了孩子，她难道会离开这儿，到远远的后方去吗？要不是为了孩子，她就要拿起步枪——她会开枪的——跟谢尔盖一块儿上前线去了。

现在他们反正不会接受她。她无论如何应该保全自己的儿子（不知道怎么的，她相信自己一定生个儿子）。不管死神像雷雨时的乌云那样向一切生灵移动过来，也要保全他。

古丽雅的小娃娃第一回张眼，是在远离前方的城市——在巴什基里亚的首都乌发。他在那儿度过了他的第一个冬天。

原野的寒风卷起地上的雪尘，在烟囱里“呼呼”响。窗外是郊区街道，它通到下面积雪的峡谷里去。

一座三层的白房子，在其中一个房间里，古丽雅坐在床上。她的小儿子在她身边，躺在褥子上。她揪他一绺竖起的淡黄头发，他，她的小萨沙，就因为这些竖起来的头发，得了一个外号叫“小刺猬”。小刺猬伸懒腰，从被子下面伸出两只小胖手，给妈妈看他的粉红色小拳头。古丽雅已经很熟悉他一切可爱的脾气：像这醒了以后的伸懒腰啦，斑鸠一样的“咕咕”叫啦，两条小腿很快地轮流动来动去啦。

古丽雅笑着说：“妈妈，瞧！小刺猬像蹬自行车呐！”

古丽雅觉得这孩子是这样的亲，在她身边已经这样的久，好像她这一辈子里早就有了他似的。

她欣赏着这个快活的白胖小娃娃，身子向他弯得很低很低，不由自主地用头发去搔他的痒痒。她的孩子露出下牙床的两只小牙齿，发出响亮的咯咯咯的笑声，高兴得用小脚来踢她的头，小脚上穿着他第一双绒线小鞋子。

小刺猬现在成了古丽雅最大的乐趣。他一不在身边——他睡了或者外婆带他去散步了——她就闷得受不了。

秋天里一个阴暗的雨天，无线电从莫斯科传来可怕的消息：“经过许多天的猛烈战斗，我军已经撤离基辅。”

古丽雅整天躺在床上。

自从听到这个消息，她一闭上眼睛就看见基辅，看见自己的童年时代、少年时代。

这一切都还是这样的近，古丽雅有时候觉得："要是向往得厉害，这一切都是可以回来的，就像小时候做噩梦碰到过的样子。你在梦中有时候想：'让一切事情重新好起来吧！你翻一个身，梦就换了样子。'"

古丽雅尽力不去想基辅。可是她不能不想它。她一想到德国人正住在她们的公寓里、她的房间里；一想到窗前的洋槐在春天又要开花，是在德国人面前开花；一想到第聂伯河的水满起来，还是那样壮丽、那样宽阔，水上运动站——就是她和谢尔盖热爱的、叫它"我们水上之家"的那个水上运动站——旁边的白杨树和柳树还是那样倒映在第聂伯河里，她的心就凉了。

古丽雅想起了第聂伯河上一个风和日暖的日子。他们两人在夏季比赛前练习划船。远远有只白色的大汽船开过，掀起了大浪。

古丽雅朝波纹奔过来的方向点了点头。她不说话，可是谢尔盖明白了她的意思。他微笑着把船桨一压，小船就向房子一样高的汽船很快地冲过去。一个有弹性的汹涌大浪把他们掀到自己的浪头上，水花像雨一样泼到他们的头上和肩膀上来。

这样，大汽船把他们像荡秋千一样荡过了以后，就一路开走了。她和谢尔盖从头湿到脚，像小孩子一样快活，又回到水上运动站来。

就在这天晚上，他们两人沿着静静的、照着静止的浅青色月光的郊外街道散步了好久，谢尔盖给古丽雅念情诗。

古丽雅求他说："现在你念些别的诗吧。"

“我不能念别的。”谢尔盖说。她很高兴他不能念别的。

这一切是多么近的事啊！这一切又是多么久了！

古丽雅一想到这些芬芳的街道，第聂伯河的蓝色河面，她的少年时代在那里度过、她的幸福爱情在那里发生过的可爱城市，现在都被抢去了，不让她回去了，不让她接近了，她就无法容忍。

她一想到所有这些地方如今都在敌人手里，她一想到这些德国鬼子现在能够从高山上眺望基辅，看见它多么广阔自由地分布在河岸上，她的血顿时就凉下来。那些宫殿和公园是为敌人建筑的吗？可爱的新运动场是为敌人修建的吗？

可是，也许基辅只留下一个废墟吧？学校还完整吗？可怜的奥帕纳斯老伯伯现在在哪儿呢？也许德国刽子手已经把他给折磨死了？好弗罗霞怎么样？她不愿意远离留在乡下的年老爹娘，没跟古丽雅一起走。谁知道德国人怎么对付她呀。一定把她像许多别的乌克兰女人那样，赶到德国做德国人的奴隶去了。可是米拉呢？想念她的念头日夜折磨着古丽雅。米拉是个犹太姑娘啊，希特勒强盗们要杀死所有的犹太人，连小刺猬那样小的孩子也不肯放过！米拉万一来不及离开基辅，那可怎么办？那些西班牙孩子现在又在哪儿呢？——古丽雅心里想——他们本来就跟法西斯有旧账。勇敢快活的巴腊斯比在哪儿呢？小时候最好的朋友爱利克在哪儿呢？当然，他们全都在前线，他们全都在战斗……唉，亲爱的孩子们，亲爱的同志们，你们面前展开了多么广阔的生活啊，它好像从阿尔迪克山上看到的大海——无边无际，在太阳底下闪烁。

这一切忽然中止。受伤的、被地雷爆炸的、被坦克车沉重的轮子辗过的亲爱的乌克兰在古丽雅的眼前出现，她为莫斯科——世界上最宝贵的地方——一天比一天担心了。

古丽雅很难想象出一个黑暗、严峻、愤怒的莫斯科来。在她的心中，它还跟战前一样，明亮、热闹、欢乐、生活沸腾。在她的心中，克里姆林宫的红宝石星星每天晚上还照旧发光。

古丽雅又忧愁又担心地听无线电的战报。敌人越来越逼近莫斯科……古丽雅心中也越来越感到这深仇大恨无法容忍……她内心里有一种声音在说："不要丧气，不要失去勇气！要报仇！"

古丽雅想："我能报仇吗？力量够吗？坚忍不拔的精神够吗？怎么能够离开这儿呢？要知道，我的整个生命在这儿啊！"

古丽雅朝小刺猬弯下身去，小刺猬使劲地抓住她一绺头发，拼命往自己身边拉，痛得古丽雅叫了起来。

她想："多大的力气！一抓住就好像不肯放了。不，不能离开小刺猬……得为他活着。可是为他死也许更好、更正确呢？如果不用胸膛去保护像他这样的孩子，那我们的孩子就不能活下去了。小刺猬的生命不过刚开始……这就是说：得用胸膛来保护他……用心来保护他！"

在医院里

古丽雅在街上跑，身上穿着皮外套，零下四十度的严寒使得她头发都变白了。

房子、树木、石头——周围一切东西好像都在童话中的冰国里，蒙上了给太阳照得闪闪发光的冰霜。古丽雅连眼睫毛也结上了冰。她把手拢在皮袖子里，越跑越快。过三个钟头，她又得回家喂小刺猬吃奶。

在这些漫长的月份里，她心中第一回觉得轻松愉快。今天早晨，无线电传来好消息。我们的部队在莫斯科城下取得了胜利！德国人留下了毁坏和烧掉的坦克，遗弃了几千名伤亡的兵士，正在溃退。

莫斯科……一想到这个声音，

每个俄罗斯人心中就有无限的感触！

每个俄罗斯人心中就有无限的共鸣！

古丽雅一路上反复念普希金这几行诗。她觉得今天充满了从来没有过的力量。

她轻快地一口气走上军人医院的楼梯。她在这儿工作已经是第二个月。

共青团把她派到这儿来，这多么好哇！古丽雅第一回到这医院的时候，对军事委员说她准备着做任何工作，哪怕是擦地板。为了体验一下现在躺在床上的人们所受的痛苦——哪怕是极少一点儿——她希望做比较艰苦的工作。可是暂时派她做的，只是给伤员念念报纸杂志，替他们写写信。

古丽雅微笑着想："当然，我别的全干不来，就只会念报写信……"

昨天晚上，她在病房里念阿·托尔斯泰的文章《祖国》。

"没关系，我们能够坚持下去的。"古丽雅特别喜欢这句话。

古丽雅大声念："我们的祖国发展了，强大了，什么东西也不能摇撼它。它也要同样不留痕迹地把这些德国鬼子吞下去。过去是这样，将来也是这样。"

"没关系，我们能够坚持下去的。"

古丽雅把报纸放在膝盖上，瞧瞧周围的人，只见微笑着的、有点儿眯起来的、带点儿滑头样子的眼睛从四面八方瞧着她。

有一个人说："我们能够坚持下去的！"

另外一个人在墙角那儿叫道："还用说，我们能够坚持下去！"

说这句话的，正是在前方，在医院里这些白墙之间吃过了多少苦的人。

古丽雅一声不响地瞧着他们，心里想："如果他们也说出这句话来，这就是说，我们的确是能够坚持下去的！"

这是昨天晚上——莫斯科城下大捷的消息传来以前的事情。

他们——她这些昨天的听众——是不是已经知道这个快活的消息

了呢？

病房里有重伤的人，所以不是一直开无线电的。

医院里又温暖又舒服。伤员撑着拐棍在楼梯口迎接古丽雅。他们早就盼着她来。全身雪白、冷了一下精神更好的古丽雅一走进病房，能走的伤员们就把她给围起来，躺在床上的人也抬起身子要更好地看到她，更好地听到她爽朗的愉快声音。

古丽雅还没坐下，就把用铅笔抄下来的最新战报，一个字一个字地念出来。

病房里起先一会儿是静悄悄的。后来大家吵起来了，谈起话来了。伤员们一次又一次地要古丽雅把战报念给他们听。

接着男子汉的、战士的谈话开始了，谈到战局，谈到最近可能发生的事情。古丽雅听了一会儿，后来向窗口走去。那儿最里面的一张病床上躺着全病房最年轻的指挥员——萨沙少尉。这是一个二十岁光景的青年，灰眼睛，大大的脑门隆起来。他看见古丽雅就脸上发光，微笑了一下。古丽雅心里明白，他早就等着她到他床边来了。

古丽雅问他："怎么啦，萨沙？好起来了吗？"

她尽力不去瞧被子。被子底下显出萨沙那两条截断的腿。他的腿和指头都锯掉了。

萨沙回答说："是的，看来我可以脱险了，再加上现在又有这样的消息……没腿也想要跳舞呐。"

古丽雅快活地说："对，萨沙，全歼灭了！狠狠地打击了德国人，打击了他们！"

“开始了！”萨沙很轻地说，“我想现在就要这样下去！主要是扭转了……唉，我能够活到打完仗，活到胜利就好了！”

“会活到的，”古丽雅说，“当然，会活到的！”

萨沙叹了口气。

“我在世上还能够做些事情。嗯，没有腿——可是我有脑袋。我躺在这里，可是脑子里数学公式老翻来覆去。真奇怪——我记得很清楚，好像书本摊在眼前一样。”

萨沙告诉古丽雅，说他保存了一个日记本，他在游击队里的时候，把习题答案和想到的各种东西——数学上的和普通事情的——都记在那上面了。

萨沙说：“这个本子帮了我很大的忙。它能够保存下来也真是一件怪事。只要想想，它跟我经历过多么困难的环境啊！我变成了这样子，可是它还好好的。”

萨沙沉默了一会儿。

“本子在这儿，在我的枕头底下，”他加上一句，“拿去念念吧。”

“可以吗？”古丽雅很高兴。

她小心地翻起枕头一角，把一个黑漆布面子的本子抽出来。整个本子密密麻麻地写满了一行行的字和数目，它们写得像小珠子那样小。

古丽雅说：“多么惊人的笔迹呀！简直是件精细的工作。”

萨沙解释说：“我把字写得这样小，是为了多写点。要知道，我们在树林子里，多余的纸是没有的。”

在第一页，古丽雅看到了普希金的诗：

趁我们还燃烧着自由之火，

趁我们追求光荣的心还跳动着，

我的朋友，我们要把心中美好的热情，

献给我们的祖国。

萨沙用润湿的、激动的眼睛瞧着古丽雅。看得出来，人家念这个本子，给他带来了一种苦痛的快乐。

“念下去吧。”他说。

古丽雅于是又念：

俄罗斯要表明她有人，

要表明她有将来。

涅克拉索夫

“是的，”古丽雅想，“有人，眼前就可以找到……”

她温柔地瞧瞧萨沙，用手掌小心地摸摸他剪得像孩子般的平顶头。

她说：“头发已经长起来了。很快就能够梳分头，跟你给我看的照片上那样。”

“唉，没头发也能活下去，”萨沙笑起来，接着又叹了一口气，“盼着快点好起来回家去！……古丽雅，咱们来给我家两位老人家写封信好不好？”

“好的。”古丽雅说着打开小皮包。

转眼间，萨沙床边的床头柜上已经放着墨水瓶，古丽雅在面前摊开一张小纸，照萨沙的话写。萨沙靠着枕头，闭上了眼睛，慢慢地说：“我亲爱的爸爸、妈妈和妹妹小薇拉，你们好！我就要复原，很快就出院了。据说手术很顺利。当然，我已经不是从前的样子，可是到底活着，我们还会见面的。快寄封信给我……”

萨沙累了。

“底下请你代我写吧，我的事情你知道的都写上。叫他们别寄包裹来。我什么都有……”

古丽雅把他盖暖和些，轻轻地走出病房，带走了那封没写完的信。

当天她就把信写好，寄了出去。

这封信不大容易写。得毫不隐瞒地如实写出萨沙动什么手术，同时又得安慰两位老人家。关于他们的事，古丽雅听萨沙说得很多。她觉得他们离车站不远的小房子——萨沙的爸爸是个铁路员工——她好像已经到过不止一次，她也听见过萨沙的妹妹小薇拉弹六弦琴，看见过萨沙的爸爸给钓丝上蜡，这位老人家常常在伏尔加河边钓鱼。古丽雅在信上说，全家都可以为这样一个儿子，为这样一个哥哥自豪，说萨沙在前方，在医院里表现都很好，说萨沙最危险的时期已经过去。他很快就会恢复健康，现在正在给他做假腿，那时候他就可以回家了。

可是萨沙没能回家。

萨沙和谢尔盖

萨沙躺在那儿发高烧。

古丽雅在他的床边值班，尽力猜出他的每一个愿望。他闭着眼睛躺着，断断续续地、沉重地呼吸着。有人悄悄地走进病房。古丽雅回过头去，是护士。她对古丽雅做了个手势，叫她到外面走廊里去。

“教授叫您，他在办公室里。”

老教授坐在安乐椅上，用指头敲着桌子。他在等古丽雅。

他慢吞吞地说：“是这么回事，亲爱的……”

古丽雅心惊胆战地瞧瞧他，怕听他对自己说的话。

“得把萨沙移到尽头那个病房去。”

正是这句话！古丽雅仿佛心碎了。把病人移出去——她明白这是什么意思。快要死的人通常都是移到尽头那个病房去的，这是为了不让旁边的病人看到死亡，也不让他们知道死亡。

“不，”古丽雅坚决地说，“把他移到那儿去，他会猜出来的。不能把他移到值班室去吗？”

“好吧，”教授说，“让他到值班室去吧。”

古丽雅勉强忍住眼泪，走进护士的值班室。那儿一个人也没有。古丽雅把护士叫来。她们两人着手收拾屋子：护士擦地板，古丽雅搬动家具，让病床好放些，又在窗子上挂上干净的纱窗帘。

像春天时候那样明亮的太阳光一直射进窗子。萨沙搬进去了。他睁开眼睛，马上又眯起来。古丽雅从柜里拿出一张大厚纸，放在萨沙床边的床头柜上，用来挡住晃他眼睛的亮光。

萨沙已经没力气说话，可是他对古丽雅动动眉毛，表示用不着把阳光挡开。古丽雅拿开厚纸，萨沙微微地点点头。这是说他的意思她明白了。

古丽雅朝萨沙弯下身去，尽力猜想他还想要什么。

他稍微动了动。

“热，”只见他的嘴唇在动，“把我的被子拿开。”

古丽雅在萨沙身上只留下被单。他又稍微点了点头：“这样很好。”

古丽雅把住萨沙锯剩下来的手，数着脉搏。

她轻轻地对助理女护士说：“请医生和护士来。”

萨沙打了个冷战，张开眼睛。

古丽雅安慰他：“没什么，没什么，好萨沙。该吃药了。”

门打开一点儿，教授、医生、护士长走进值班室。

可是萨沙连瞧也不瞧他们。他很困难地、断断续续地呼吸着，看来他已经没一点儿气力顾到旁的事情了。古丽雅心里明白，无论医生也好，教授也好，已经没有人能够救活他了。

她在萨沙的床边不知道站了多久，她把一切都忘了，连小刺猬也忘了……

萨沙死了以后，脸变得明朗了，严肃了，有光彩了。

教授像对死者最亲近的人一样对她说：“好了，现在一点儿也没有办法了。回家吧，亲爱的，休息去吧。”

古丽雅回到家，一进门就发觉妈妈不知道为什么很伤心，很不安。

“什么事？小刺猬不舒服吗？”她转过脸去看小刺猬的小床，轻轻地问她。

“不，他很好。”妈妈说着，把一样什么东西赶快藏到桌子的抽屉里去。

“谢尔盖吗？”古丽雅问得更轻了。

“是的，小古丽雅。”妈妈淡淡地说，“他的同志来信说到他……可是这件事情还要证实啊不是，说不定错了……”

古丽雅闭了一下眼睛。

“给我看。”她说着就倒在床上。

妈妈交给她一封折成三角的信。古丽雅用麻木了似的指头，慢慢儿地打开印着小格子的小纸。一张照片落到她的膝盖上。这是谁？照片上有一个姑娘瞧着她，头发给风吹散了，笑着。

古丽雅看见这张不久以前拍的照片，一下子还没把自己给认出来。这张照片，她是在最幸福的时刻送给谢尔盖的，现在却作为报凶信回到她的身边来了。

信上说：“……您丈夫被敌人的弹片打进了太阳穴。我们在他的共青团团证里找到了您的照片……”

“躺一会儿吧，小古丽雅，”妈妈对她说着，用一条旧的羊毛头巾给她盖上，“你全身都在哆嗦，好像发疟疾一样呐。”

古丽雅躺着，躺了好久，她一动不动，睁大了眼睛瞧着窗外黑下来的天空，她哭不出来，她的思想乱得很。她同时想到谢尔盖和萨沙，想到他们已经看不见胜利了。

小刺猬醒过来。他大声地、受委屈地哭着，好像他睡过了吃晚饭时间是大家的错。

古丽雅把他抱起来，由于手里有这个温暖的、难弄的小家伙在动着，她觉得好像轻松一些。

“小刺猬，小谢尔盖。”她不知不觉地用他爸爸的名字叫这孩子，可是这个孩子已经看不到爸爸了。

她喂过孩子奶以后，重新把他放在小床上，在他身边站了一会儿，就坐下来写信给住在伏尔加河边一个城里的萨沙的亲人。

她写信，每一个字都斟酌过，在世界上一切字眼当中，挑选出最亲切、最能安慰人的字眼。

她在信末上写：“为了这个死亡，我们决不会饶恕敌人。我们不会忘记我们被杀害的丈夫、儿子和兄弟，他们也像萨沙一样爱生活，爱太阳，一样希望活下去。我向你们起誓，我们要为你们亲爱的孩子报仇。”

古丽雅写完信，已经是半夜。

这时候她明白，她已经决定上前方了。

古丽雅把萨沙那本写满了数字、写满了年轻人纯洁思想的黑色记事本连信一起寄给了他的亲人。

在家里

日子一天天过去，冬天已经快完了。古丽雅不停地工作，到处可以看见她——在图书馆的柜台里面；在裹伤所里弯身给病人小心地扎绷带；在医院俱乐部照得通亮的舞台上，脱下白大褂，穿上褐色的天鹅绒衣服，给那些用绷带裹着头扎着手、用木板夹着腿的人朗诵诗。

古丽雅一想到小刺猬的喂奶时间耽误了，就赶快穿上大衣跑回家。

这时候小刺猬叫得力气也没了……古丽雅的妈妈试着给他喝甜水，可是小刺猬推开小羹匙，生气地大哭大闹。

可怜的外婆只好把他抱起来，在屋子里走来走去，给他唱歌，给他讲故事，可是一点儿没用。小刺猬不要故事，不要歌，他要奶。

古丽雅冲进屋子，一面走一面脱外衣，把小刺猬抱过来，坐在床上，孩子气地给自己解释：“对不起，好妈妈，我不知道时间。”

年轻的外婆说：“不要请我原谅，请你的儿子原谅吧！你简直要饿死他啦。”

可是小刺猬已经安静下来，很响地吧嗒着嘴唇，迷迷糊糊地用一只小胖手摸古丽雅的脸。手弯的地方胖得凹了进去，像绕了一圈线似的。古丽雅用嘴唇哄这小手，亲这小手，又用手摸他出汗的小钵儿头，透过眼泪瞧着儿子。古丽雅想：“我的小宝贝，我怎么离得开你呢？”

当然，她自己很清楚，她不在家的时候，妈妈领小刺猬领得多辛苦。小刺猬已经学会在自己那张摇摇晃晃的小柳条床上站起来，一分钟也不能把他独个儿丢下来。带他一整天是非常费劲的。七个月的小刺猬比一岁的孩子还要大，还要重。古丽雅也完全想象得出来，每天把小刺猬放在雪橇上，用棉被把他裹起来，从三楼搬到院子，拖他出去散步，是多么难的事。

这一切古丽雅都很清楚，她眼看妈妈吃苦和瘦下去，心里非常难过。可是古丽雅也已经知道了另外一件事情，这件事情在家里她暂时还没说起过。这就是，对她说来，再也没有旁的路可走了。

她的岗位是在进行着激战的地方——在前方的第一线上，这个信念在她心里一天比一天加强了。

分别

春天到了，这是说来就来、阳光普照的巴什基里亚的春天。大街上水往下流，“哗哗”地响。这天是五月一日。第一个战斗的五月……古丽雅跑回家来。她穿上了军装，穿着长大衣，束着皮带。她在师司令部已经工作了好久，所以妈妈看见她穿军服，并不觉得奇怪。

妈妈问她：“为什么这样早？”

“妈妈，”古丽雅用有点儿颤抖的声音说，“我是告别来的。我要上前线去。”

“难道动员你了吗？你有孩子啊不是……”

“妈妈，我是自愿去的，我不能不这样做。小刺猬你照顾得比我好，请你原谅我给你留下了这么一个累赘。”

妈妈一声不响地瞧着古丽雅，好像不明白她说的话。接着她甚至没有争吵的意思，轻轻地问她：“你什么时候走？”

“火车过一个半钟头开，可是到司令部还得早一点。”

她尽力说得快活些，又加上一句：“好妈妈，给我烙点儿饼路上吃吧！”

接着她走到小柳条床旁边。

小刺猬已经不睡了，他抓住床背，全身站起来，用一只脚踩枕头。

“妈妈！”他低着嗓子说，全身向古丽雅扑过来。

他生下来以后，这还不过是第三次或者第四次发出“妈妈”的声音。

古丽雅听得眼泪马上就要流出来了。她一声不响地抱起小刺猬，跟他一块儿坐在窗口。

趁着妈妈给她收拾行李，她把小刺猬放在膝盖上看了好久。小刺猬皱起白眉毛，摸摸妈妈船形军帽上的小星星，用他自己那种特别的、别人听不懂的话说了声什么。古丽雅尽力要好好记住他指甲很小的那双小手，记住他隆起的大脑门，记住他长着浅黄色软头发的后脑瓜。

这是他们一块儿在家的末了儿的几分钟了。最后古丽雅站起来说："好，亲爱的，我该走了。再见吧——在基辅见！"

她把小刺猬交给妈妈，抱了抱她，拿起妈妈匆匆忙忙给她收拾好的小包裹，就走了。她走到门口，又回了一次头，紧眯了一下眼睛，接着一个大转身，差不多像跑一样走出房间。

等到她出去，把门"嘭"的一下关上，妈妈顿时觉得屋子里好像一下子空了。一切都跟古丽雅在的时候一样，窗台上放着她的旧皮包，墙角竖着她的滑雪板，桌子上放着古丽雅忘掉了的本子，本子里有报纸杂志上抄下来的诗。想起来也真奇怪：不久以前还把诗抄在本子上、在水龙头下一边洗脸一边唱快乐的乌克兰歌的姑娘，现在竟迎着战争的一切艰难困苦和危险，上前线去了。

在路上

车轮“哐当哐当”地响着，一辆辆火车不断地从东方往西方开去：一节车厢又一节车厢，没有尽头的列车差不多有一公里长——又是取暖车①，又是医疗车，又是放着盖油布的大炮的“隆隆”响的平车。

绿色的山冈和小树林子迎面奔来，在火车旁边闪过，退后了。

古丽雅跟自己的新朋友，看护丽达和阿霞，并排坐在医疗车的窗口，她正在想心事。她想到小刺猬很快就要学走路了，可是她呢，连他第一回怎样下地走路也看不到。

古丽雅想到自己不久以前的幸福，只过了不多日子的幸福，已经不会回来的幸福。

她偶然想起一些最平常，可是不知道为什么，现在想起来特别亲切的小事情。

有一回，她和谢尔盖看了《黑桃皇后》②，从戏院回家，两个人在街上轮流唱着戏里男女演员唱的曲子。

后面有人对他们说：“幸福的人呐！我真希望变成你们！”

有一回，古丽雅打破了妈妈心爱的灯，谢尔盖像小孩子一样，令人感动地把错处全揽到自己身上。一直到现在，妈妈好像还以为灯是

---

① 取暖车是装有暖气设备的货车车厢，也可以载人。
② 《黑桃皇后》是俄罗斯音乐家柴可夫斯基根据普希金小说改编的歌剧。

那一点儿没错的可怜的谢尔盖打破的。

可是不知道为什么，最使她感动，同时也最使她难过的，是想起他们坐火车上莫斯科去看爸爸的那回事。那还是在战前不久。古丽雅一直爱出门，可是她坐火车从来没那样舒服、那样自在、那样轻松过。车站上好像从来没卖过那么多的花，同车的人也好像从来不像这一回那么客气。在基辅到莫斯科的火车上所过的那些傍晚，是从来都不曾有过的。

当时只有一件事情使她发愁，就是爸爸喜欢不喜欢谢尔盖，谢尔盖喜欢不喜欢爸爸。她多么希望他们会互相喜欢呐！……

那时候她的愿望全都是实现的。这一个愿望也实现了。

他们三个人像同志一样，亲亲密密，不知道疲倦地游览了莫斯科，游览了它的博物馆、戏院和运动场。古丽雅暗自赞赏自己这两个可爱的同伴，那么互相关心和快活，可是她特别觉得自豪的是莫斯科，她把莫斯科当作自己的老家来向谢尔盖介绍……

从白俄罗斯来的阿霞，一个像学生模样、很文静的黑眼睛姑娘问她：“你在想什么呀？”

古丽雅一心想着自己的事情，没有马上回答，阿霞不好意思地拉了一下她的袖子。

古丽雅抖了抖头发，好像想把自己的忧郁念头全给赶走似的。

“没什么，”她微微笑了笑，“车轮一响，各种事情都涌到脑子里来了……小阿霞，咱们来唱个什么歌吧！”

古丽雅知道——如果她烦闷，那么阿霞和丽达就要加倍发愁了。

在到火线以前，不能叫同志们泄气呀。

“喂，阿霞，丽达！咱们来唱歌吧。”

车厢里，伴着车轮的“哐当”声，她从小就熟悉的歌唱起来了：

小伙子，套马车吧！……

政治委员奥列尼克走进车厢，后面跟着巴什基里亚来的青年战士卡德尔。

姑娘们站起来，向他们行军礼。奥列尼克微笑着坐下。卡德尔坐在他旁边。

“喂，过得好吗，姑娘们？”

古丽雅快活地回答：“很好！只想快点儿到目的地。”

丽达附和说：“我也这样想。”

“好，我们来催司机吧，”奥列尼克说，“我们这样说：我们的姑娘想快点儿投入战斗。”

卡德尔接上去说：“好极了的姑娘们。”

“你看怎么样，卡德尔？”奥列尼克说，“为了叫时间过得快些，你用你的芦笛给我们吹个什么吧。它离你远吗？”

“怎么会远？它跟我一块儿在车上。”卡德尔回答说。他狡猾地微笑了一下，走出车厢。

“他吹得好极了！”奥列尼克介绍他说，“待会儿你们自己听吧。他本来是集体农庄里养蜜蜂的，这是一个又安静又和平的职业。坐在养蜂场上，听蜜蜂‘嗡嗡’地叫，用芦笛和和它们。可是他会成为一个好战士的——一看就看出来了。我有数。”

阿霞突然说：“我小时候老是说，大了只嫁养蜜蜂的。”

“那好啊，我们来做媒，”奥列尼克说，“我们这个卡德尔好像还是个光杆儿。”

“她只是想吃蜜糖，”古丽雅笑起来，“我现在来请你吃吧，小阿霞。我妈给了我整整一瓶。”

正在这时候，只听见门外传来一阵柔和而有点儿哑的芦笛声。

奥列尼克说：“卡德尔来了。”

姑娘们静了下来。

古丽雅一声不响，把一瓶蜜糖放在窗口可以折合的小桌子上。

卡德尔走进车厢，一眼就看见蜜糖。

他说：“我也有蜜糖，味道还要好。我这就去拿来。”

大家留住他：“先吹吧。”

卡德尔坐下，把芦笛凑到嘴唇边，仔细地吹吹每个笛子眼，接着吹起一支悠扬的伤感曲子。车厢里响起了有点儿喑哑的忧郁声音。巴什基里亚的天空、广大无垠的草原、草原上的风，都打笛子里吹出来了。卡德尔不慌不忙地埋头吹着。古丽雅想起了蒙着紫色雾霭的山冈；想起了宽阔的白河——巴什基里亚人管它叫伊代耳，或者亲切地叫它阿吉代耳开；想起了伊代耳河边的一座城，小刺猬跟妈妈就留在那城里。

卡德尔放下了笛子。

奥列尼克问他：“这支歌讲什么？有人把它唱出字来吗？”

“有的。想到什么就唱什么，各人唱各人的。”

古丽雅问他：“那么你吹的是什么呢？”

卡德尔开始想。接着他皱起了眉头解释。

他慢慢地、有点儿害羞地说：“我是这样吹的。有一条阿施卡达尔河，你知道吗？那儿长着芦苇。那些芦苇就跟这一模一样。你看见吗？”卡德尔给大家看他的笛子。“我切断一根芦苇，给自己做了一个笛子。我就吹的这些：关于阿施卡达尔河，关于芦苇，关于鸟儿怎样唱，春天的雪怎样唱，江河怎样唱。”

古丽雅说：“对对，我也正是这样想的。你吹得很清楚！”

卡德尔的白牙齿闪了闪。

“现在我吹的是什么呢？你听着。”

他吹出一支刺耳的、凄凉的、可怕的歌。

古丽雅说：“这支歌讲的是战争。”

卡德尔点点头。

“不错，”他说，“从前去打仗，我们的战士就唱这支歌。”

古丽雅轻轻地唱了起来，尽力重复这古怪的、陌生的草原调子。

卡德尔说：“很好，完全是个巴什基里亚姑娘。”

卡德尔跟奥列尼克在医疗车里坐了好久，吃过涂蜜糖的面包，谈到离别了的故乡和战争。

古丽雅讲她怎样离开基辅，阿霞讲她离开明斯克的情形。卡德尔一声不响地听着，后来说：“我们只要有口气，就要打下去！”

夜里，火车在草原上的什么地方停了好久。

古丽雅由于想心事，由于记忆，由于心神不定，睡不着。

她起来走出车子，想呼吸一下夜间的新鲜空气。

外面静悄悄的。只是在黑暗当中，她听见有人说话，就在装着盖油布的大炮的一辆平车旁边。他说的一口柔软的乌克兰话，古丽雅好像被一个乌克兰朋友叫了一声，不由自主地停了脚。

一个年轻人的声音又温柔又亲切地说：“我亲爱的好姑娘，我和你还要看见许多东西，感觉到许多东西。等一消灭法西斯鬼子，咱们就回家，那时就要过上好日子。咱们一块儿到树林子里去……”

古丽雅想：“柯斯嘉在跟谁说话呢？”她听声音认出是他。

这个小伙子是哈尔科夫来的，又文静又怕难为情。古丽雅在司令部里常常碰见他，他在那儿当通讯员。

“要是柯斯嘉在这样的时候，决心向这个姑娘吐露自己的感情，这一定是个出色的姑娘。我不要去打搅他们。”

可是说话的还是柯斯嘉，凡是可以想出来的最甜的字眼，他都用来叫他的女朋友：“我的小心肝”“我的爱人”“我漂亮的好姑娘”……

古丽雅充满了好奇心。

“她到底是谁呢？哪怕就回答一声啊！说什么都不能打动她，她是哑巴不成？”

古丽雅忍不住了，走近一点。

柯斯嘉一个人在那里站岗，周围一个人影也没有。

古丽雅一面惊奇地左看右看，一面问他：“柯斯嘉，你刚才在跟谁说话呀？”

柯斯嘉很窘地咳了一声，两只脚轮流地顿着。

他说：“我不跟谁说话，我跟我的枪在说话……”

古丽雅笑了起来。

“我还想她怎么老不说话呢？”

柯斯嘉说：“它不过暂时不响，一到打仗的时候，它就要‘劈劈啪啪’响，连德国鬼子的肠子都要爬出来了。”

古丽雅跟柯斯嘉又谈了一会儿，让他站岗看守辎重不至于太寂寞，接着回到自己的车上去。天亮时，她把夜里战士跟步枪说的话，在记事本上记了下来。

在战场上

到达前线的这一个师，部队驻扎在顿河西岸的草原上。

德国军队向这顿河冲来。为了保卫每一寸土地，战斗激烈到了顶点。

这时候正是夏天炎热的日子。给火烫的太阳晒黄的草原广阔地展开。连风吹过来也不觉得凉快，只有草原上像干笤帚一样的草，羽茅草和棱狐茅草，在风底下有点儿晃动。草原上飘着一股苦艾的气味。

在峡谷和山坡上蜷缩着哥萨克人的村庄，都是些涂上泥的白农舍。

在离前线几公里的这些白农舍里，设立着师的司令部，离前线再远点儿，是救护队。

古丽雅跟两个朋友丽达和阿霞一块儿，留在这儿的医院里。她们在这儿足够忙的，每天有伤员抬到医院里来，可是古丽雅一到就请求上火线去。

到医院来的师长微笑着对她说："来得及的，耐心点儿，休息休息吧，前头有重大的工作呐。"

古丽雅不说话了，后来她又鼓起勇气，向师长提出原来的请求——让她上火线。

最后她的愿望达到了。

这一天，从大清早起德国人就开始作攻击前的炮火准备。前线传来了不停的沉重炮声。后来炮声静下来。敌人的炮弹爆炸声逐渐稀疏了。敌人进攻了。快到中午的时候，一知道敌人的进攻已经被打退，救护车就飞快地上前线去救护伤员。它在灰尘滚滚的乡间路上跑着。

靠近火线的时候，汽车开慢了。古丽雅从司机室里望出去，看见草原已经不像草原，上面全是一个个弹坑和一条条战壕。汽车现在好像在摸路一样小心地开。它在坑坑洼洼上跳着，沿着一个土岗子开下去。来到洼地上，停下了。

古丽雅整了整医疗箱，跳到地上。救护员们跟着她跳下了车。

古丽雅慌忙向四周瞧了一瞧。她明白汽车过不去了，过去就会遭到射击，她还明白，她得自己继续向草原前进，到可能有伤员的地方去。

趁着救护员把担架搬出来，古丽雅跑上前面一个土岗子，可是她还没走到五步，就有一颗炮弹在不远的土岗子顶上“轰隆”一声爆炸了。古丽雅给它震昏了，趴在地上。她的心沉重地跳了一下，一眨眼工夫完全停止了。

过了几秒钟她才醒过来，挣扎着站起身子。

“不能，不能就这样屈服……”

古丽雅缩着脖子向前就跑。可就在这时候，又有一颗炮弹怒号着，刺耳地在旁边什么地方爆炸了，掀起了一蓬黑色的土和烟。

古丽雅重新趴倒。她的眼睛盯住一个地点——一个小土岗子，她决定接下来跑到那土岗子上去。她盯住它，看得眼睛也痛了。

可是打地上站起来说不出的费劲，简直是不可能。

古丽雅尽力控制自己。

她像念咒语那样反复地说："不，我不怕，我不怕！"她觉得自己的意志又逐渐成为自己一切感觉、一切思想的指挥员，觉得自己的心顺从着这个指挥员的命令，开始跳得更匀称、更镇静，神经也恢复常态了。

这时候古丽雅明白过来：在人的心中有一种黑暗和盲目的力量，这种力量可以强迫她逃离战场，可是在人的心中还有一样东西，比这种盲目的贪生更强，那就是理智。

"实际上战斗已经结束，这不过是偶然的炮弹爆炸罢了。"她对自己说着，轻快地站了起来，向着最可能找到伤员的地方——向战壕很快很坚决地跑去。

真的，战壕底有一个伤员。古丽雅走下战壕来到他身边。他躺在那里失去了知觉，仰起了头，头上扎着叫血给弄湿了的肮脏绷带。显然，在他的手还听使唤的时候，他自己给自己马马虎虎地包扎过了。

古丽雅小心地给他把头重新包扎好，把这个又胖又大的人沿着战壕拉，简直不觉得重。

幸好救护员们赶到了。古丽雅帮忙把伤员放上担架以后，歇都没歇一下，又回身走了。她还要去包扎另一个战士。这个战士是她走下洼地，向汽车走来的时候看见的。

这人躺在炮弹炸出来的深坑里。古丽雅向他爬下去。他的脸埋在土里，哑着嗓子在呻吟。

古丽雅试着把他扶起来。

她觉得力气不够，就说："我的好人儿，给我帮帮忙，让咱们坐起来吧……”

她一看他的脸，就“哎呀”一声：“卡德尔！卡德尔！”

他回过头来，认出了古丽雅，就拉着腿，尝试着坐起来。古丽雅直到这时候才看到，他整条腿都是血，灰裤子上，从大腿到长靴筒这一段都被血染黑了。

古丽雅用一把快刀割开长靴筒，给卡德尔包扎好。

他难过地，甚至有点儿像做错事情那样瞧着古丽雅，好像想对她说：“我过去所想的打仗不是这样的！完全不是这样的！”

古丽雅愉快温柔地对他说：“没关系，我的亲爱的，咱们还要打下去。喏，喝水吧！”

她旋开水壶的盖子，把水壶递到他发烧的干嘴唇边去。她自己也忍不住想喝水，所以猜到了卡德尔想喝水。卡德尔贪婪地凑着水壶喝，一面喝一面呛，看他喝水的样子，好像他一生当中除了这点新鲜的水以外，什么都不要了。

最后卡德尔离开水壶，轻松地呼了口气。水壶空了。古丽雅用舌头舐舐嘴唇。

她对自己说：“嗯，不要紧，我忍得住。”

卡德尔微微笑了笑：“好！”

他轻松起来了，这是因为他喝到了水，看到了古丽雅那对灰眼睛的光辉，听到了温柔的声音，轻轻地接触到了古丽雅给他包扎腿部的指头。卡德尔快活得自个儿站了起来。古丽雅把他扶上去，亲手交给救护员。

汽车装满了人。现在只要把这些死里逃生的人送到医疗队去就好了。

“开车吧！”古丽雅快活地对开车的战士说着，就跳上司机室的踏板。

汽车就地摇晃起来，响起来，开了。

古丽雅不眨眼地望着天空。在没云的蔚蓝色天空上出现了一个黑点子，这黑点子越来越近，越来越大了……远远的“嗡嗡”声已经从高空传下来。古丽雅一听见这使人精神紧张的、讨厌的“嗡嗡”声，就猜出来了……

“德国飞机！”古丽雅心里明白。

她对开车的嚷着说：“停车！”

汽车停下了。古丽雅和救护员跳到地上来，把伤员扶出车子，帮他们躲到路边的沟里和坑里去躺下。她们决定不去惊动重伤员。因为对他们来说，多动跟德国人的弹片一样危险。古丽雅拿出汽车里预先藏着的绿树枝。她早知道在草原上，矮树林子不是到处可以找到的，所以在开车到前线来以前，就记住先贮备好这些绿树枝。

她一面担心地看看天空，一面急急忙忙地用绿树枝把车子给伪装起来。接着她爬进汽车，来到自己的伤员身边。

大家听见“嗡嗡”声越来越响，就问她：“外边怎么样？”

古丽雅回答他们：“都弄好了，他们不会发现咱们的。咱们掩蔽得很好。”

的确，德国飞行员没发现这辆躲在路边、用绿树枝盖起来的救护车。飞机发动机断断续续的“嗡嗡”声震裂空气，他们飞过去了，把飞机上载着的杀人东西带到远远的什么地方去。

等所有的伤员重新回到老地方，古丽雅说：“开车吧！”

汽车的发动机又“咕咕”响起来。装满伤员的很重一辆汽车，又在车沟和坑洼之间很快地开走了。

过了几天，古丽雅到过前线已经不止一次，她坐下来写信给爸爸。

“战斗爆发了……”

她想起了普希金的一行诗，就用这句话开头写自己的信。接着她放下铅笔。她亲眼见到、亲身经历到的一切，跟她在普希金的诗《波尔塔瓦》里念到的那种暴风雨般的猛烈战斗不相像。

该怎么样，该用什么话把她现在经历到的一切写出来呢？这些很难描写的东西该怎么写呢？

古丽雅在信上写：“对，没参加过战斗，肩膀上没担当过一切困难，就不可能彻底感觉到胜利的快乐。当战士们去进攻，当‘啊——啊——啊’（这是许多人喊‘乌拉’的回声）‘隆隆’地响起来的时候，你就什么也不知道，什么也不记得了。你面前只见一片战场，而你就盯着瞧，盯着无边无际的草原上每一个黑点瞧，瞧得眼睛也痛了。那边有人倒下来……你于是向前跑去，无论是子弹的‘嘶嘶’声也好，无论是严厉的吆喝声也好，都不能使你停下来，个人的身子成了无足轻重的东西，直到你那辆装满伤员的汽车开出了枪林弹雨的地带，你的紧张情绪才减少一些……”

古丽雅写着写着，小窗子外面已经传来听惯了的叫声：“警报！”

德国飞机那种熟悉的、讨厌的、打乱人精神的“呜呜”声很快就传到了她耳朵里。

古丽雅在信末匆忙地写上：“要是好久接不到我的信，你不必担心：这是因为我事情太多了。万一有什么事情，有一点你要知道：你的女儿不是个胆小鬼，她把生命忠实地献给祖国了。”

事情的确很多，师长跟古丽雅说的那件重大工作开始了。这真是一件工作。

争夺顿河的恶战激烈到了极点。现在日日夜夜都充满了危险、艰难、困苦和超出能力以外的劳动。

古丽雅全力做自己每天的救护工作。她去收集大声呻吟或者失去知觉的人，把他们放在担架上，给他们包扎、擦身，小心地脱下他们身上变成血淋淋破布的衣服。到处离不开血和泥土的气味。一切她看见的和感觉到的，她都没工夫思索，没工夫回想，也没工夫说出来。只有在短短几分钟的休息时间里，她为了写信回家，才急急忙忙地整理一下琐琐碎碎的思想。

古丽雅在信上写道：“……每天充满了各种各样的事情。我们争夺一个小村庄，打了一整天仗，收复几次，退出几次。德国人顽固地盘踞在那里。我去背一个伤员——他就躺在德国人的战壕附近。德国人发现了我，决定把我活捉，我爬，他们也爬，他们在我后面组织了机枪火网，不让我们的人来救我。这时候怎么办呢？回头爬可来不及了。前面就是伤员，德国人把我包围住。我拿起一颗手榴弹，拿定主意去挨近德国人，把手榴弹扔过去。就算死吧，也可以多杀死他们几个。忽然我听见后面叫：‘前——进——呐！……’这是我们的人！我于是跳起来——跟他们一块儿……

“原来有一个战士一直在战壕里盯着我瞧。他看见我情况不妙，就叫：‘弟兄们，咱们的古丽雅要送命啦！’于是他向我跑过来了。弟兄们跟着他。虽然德国人的人数比我们的人数多得多，可是我们打得他们鸡飞狗走。

“我爬去救的那伤员，到底拉出来了。这可怜的人呐，他本来已经不存什么希望了……

“……不久以前，我的脚烫伤了点儿。可是一切都过去了，好妈妈，你不要担心。我是这样烫伤的：在作战的时候，我偶然踩到了一个燃烧瓶。瓶子在我的脚底下破了，里面的东西马上都向我烧过来。我不管手会烧坏，好不容易扯下火热的靴子，脱下军服，踏灭了火。等到工兵拿着铲子跑过来，想把泥土撒在我的身上（不这样做燃液就很难扑灭），我已经硬把衣服穿到了身上，可是靴子怎么也穿不上——它们翘起来，完了。我就这样光着脚，两只脚一跷一跷地继续前进，直到那场仗打完了我才包扎。事情的经过就是这样。”

古丽雅在给妈妈的信上，就这样写下了一件最偶然的遇险事情（古丽雅把自己在战争生活中偶然发生的、特别危险的事情叫作“遇险事情”）。可是古丽雅这个消息，全师都传开了。关于这个“在火中烧不坏”的姑娘，关于这个全身冒着火、像个活火把一样向德国人战壕冲去的姑娘的事迹，一个战士一个战士传过去。很快就有人编出一支《火姑娘》的歌来。这支歌像火一样，从这儿一直蔓延到西线。每一个战斗部队都用自己的曲子唱这支歌，可是词句到处都一样：

姑娘发出火焰，
把道路照亮，
她飞到战斗里面，
像火鸟一样。

从此以后，师里管古丽雅叫“火姑娘”。

赴汤蹈火

敌人把全部兵力投在顿河和伏尔加河间的一片草原上。某师部队最后被迫放弃顿河西岸，为了保卫这地方，他们曾经空前顽强地战斗了整整一个夏天。

已经是秋天了。部队渡河到对岸去，天下着冰冷的大雨。桥已经炸掉了。风浪大作的顿河猛撞着陡峭的山崖。炮弹不时在顿河黑沉沉的深水地方发出沉重的爆炸声。

古丽雅浑身湿淋淋的，拖着一块又可以当雨衣又可以当帐篷用的防雨布，沿着给雨冲软的堤岸朝渡口走去。一个受伤的战士躺在防雨布上，他费劲地转过头来，对古丽雅嚷了一声什么。可是渡口的嘈杂声和风声把他的声音盖住了。古丽雅为了听清楚他的话，朝伤员弯下身去："你怎么啦，亲爱的？"

伤员摸着身边的防雨布说："我在找枪。我的枪找不到了。一支步枪。"

现在虽然不是想的时候，可是古丽雅猛地想起了那个战士，那个在夏天幽静的夜里，在火车停下来的时候，曾经跟自己的步枪讲了长长一段情话的战士。那个人也是乌克兰人，也同样跟自己的步枪要好……

"你的步枪在这儿，在你的腰底下！"

躺在防雨布上的战士于是把步枪抓住，由于这一个动作，他很痛苦。他哼起来了。

古丽雅尽力喊得比风声响："亲爱的，忍耐一下，我就送你过河。"

伤员摇摇头。显然，他不相信古丽雅的力气。天气这样坏，这个姑娘要游过顿河，还背着那么重一个负担，这实在很难叫人相信。

伤员含糊地说话。古丽雅只听见一句："你自己游吧！"

"哪儿的话！"古丽雅说，"难道我把你丢下吗？"

那伤员说："如果你觉得困难，就把我丢下得了！"

"好了，好了，你别说了。"古丽雅打断他的话。

刺骨的寒气钻到心里，波浪像鞭子一样在脸上抽打。

古丽雅用左手抱住伤员，用右手划水。她一直向河上黑色混浊的地方游去，不断把涌到嘴里的水吐出来。

顿河上空不时亮光闪闪，炮声"隆隆"，汹涌的波浪抛荡着古丽雅和她那快死的同伴。波浪把他们往下、往深渊里抛去。

眼看再过一分钟，冰冷的黑水就要灭顶了。古丽雅想："我游不到啦。"

忽然她觉得游起来好像轻了些。原来伤员恢复了知觉，觉得救他的姑娘筋疲力尽了，于是他拿出最后一点儿力气，想法凑合着，用没受伤的一只手划水。

古丽雅感激地想："我的好人儿，他在帮忙呐！"

在浓雾当中看不见对岸，只有照明弹的白光一眨眼工夫照亮了一切东西：游泳过河的人、骑马过河的人、载着炮的平底船。

那伤员又完全没力气了，这一来，好像又重了一倍。可是古丽雅觉得，最可怕的时候已经过去了。

她对自己说："一定要游到，我会游到的！"

她全身的肌肉都在坚决地、顽强地、灵活地动着。游泳技术这会儿对她可有用啦！在那边阳光照着的第聂伯河水上运动站上苦练了那么久，就是为了这一遭！古丽雅在生活中所学会的一切东西，现在都用上了，她的整个幼年时代和整个少年时代，好像就为了准备经受这些严厉的战争考验似的。

古丽雅游到了。

她到了岸上，松开战士搭在她脖子上麻痹了的手。战士滑倒在地上，大声地喘气。

"好了，瞧咱们到啦。"古丽雅说着，从医疗箱里拿出一个军用水壶，滴了几滴伏特加酒到伤员发白的嘴唇里去。

"喝下去，暖和一下吧！"

她把他安顿在最先开到的一辆救护车上，自己刚透过气，又回到岸边去了。

别的伤员她比较好对付。她找到一只船，把人从这边渡到那边，一直渡到大清早。说实在的，这是一件又危险又困难的工作——在枪林弹雨底下，在汹涌湍急的河上，驾驶一只动作呆笨的小船是不容易的，可是古丽雅把这件工作做好了。在这个漫长的秋夜里，她救了不止一条性命，她坐在这船上，不止一次从河这边渡到河那边去……

全师渡过顿河以后，接到了一个命令：不准退后一步——"死守"。人员都留下了。

“卡秋莎”和“安德留沙”

战斗在顿河东岸进行着……

刮着冷风，下着阴沉的秋雨，可是人们没工夫休息取暖。他们在战壕里，在壕沟里，站在齐膝盖深的水里猛烈地回击敌人。直到夜间德国人的炮火转弱了，才稍微静一些。在这休息的时候，古丽雅临睡以前，常到哪一个新朋友那里去“串门子”。

今天也是这样。枪炮声刚静下来，她就到第一连战士住的土窑里去。她顺着交通沟走。雨已经不下了，风吹散了乌云，月亮在云间闪耀。

土窑里，油灯的小火微微放光，冒着烟。风在铁炉子的烟囱里“呼呼”响。

“啊，古丽雅！”四周响起了熟人的声音，“为什么好久不来了？我们真闷呐！喝茶吗？”

过了几分钟，小铁炉子上洋铁茶壶里的水就顶着盖儿蹦蹦地跳起来了。

不知在什么人灵巧的手里，一个手风琴不妨碍人谈话地轻轻拉起来，响起来。

古丽雅在这黑色的小土窑里，在这些来自广大祖国的各个角落，疲劳、受着战斗折磨的战士们中间，感到了一辈子里没有过的舒服和安静。

她坐在炉子旁边，安闲地烤着火，聚精会神瞧着火花从一块小炭烧到另一块小炭上去。这些快活的火花，跟遥远的乌发的一样。金色的小火舌在炉子里闪动，也跟古丽雅还很小，大人不让她拿拨火棒时候的一样。

真不可思议，这些都是多近的事啊！

可是现在呢，她在前线，在激战的地方，没人对她说："古丽雅，你会烫着的！"

一颗迫击炮弹带着凄凉的"呼呼"声，在土窑上空掠了过去。

有人递着热茶说："他们的'凡卡'唱歌了。"

古丽雅一声不响，只点了点头。

她和所有的战士一样，已经能够清楚辨别这一种外号叫作"凡卡"的德国迫击炮声。德国人在传单里吹牛，说他们的"凡卡"胜过我们的"卡秋莎"[①]。

"没关系，胜不过的。"一个上岁数的战士说。大家管这战士叫好爹爹。"它哪儿胜得过咱们的呀！"

"这话不错。"他旁边一个人赞成他的话，同时把一块木板在膝盖上磕断了，把板片扔到火里去，"我听说咱们还在等着'安德留沙'呐。它一来，就可以弄得妥妥帖帖了。"

古丽雅问他："什么'安德留沙'？"

"'卡秋莎'的儿子。它那股打劲儿才强呐！比妈妈还行！单爆炸

① "卡秋莎"是一种火箭炮。

气浪就有八十米。弹片的杀伤力还没算上。”

大家沉默了一会儿，手风琴趁着这个机会，拉得响了点儿，大胆点儿，清清楚楚地拉出了一支歌：

窄炉子里火焰盘旋，
干柴上的松脂好像眼泪盈盈……

古丽雅唱起来，旁边有人用次中音接上去唱：

手风琴在土窖里对我歌唱，
唱你的微笑和眼睛……

他们唱完一支歌，又唱一支歌，既有合唱，也有独唱。

古丽雅站起来说：“这样唱下去，我要跟你们唱到天亮了。没法子，我的时间到了……”

“你上哪儿去？”

“去接阿霞的班。”

实际上阿霞下班的时间还没到，可是古丽雅爱护自己卫生营里这个同志——这个跟她和丽达同车上前方来、像个女学生的瘦姑娘。

古丽雅比自己两个朋友年纪大。她已经近二十岁了，可是她们还没满十八岁。所以古丽雅不由自主地对她们抱着一点儿保护的态度，管她们叫“我的可爱的小姑娘”，并且想也不想，就让自己担负最难最危险的工作。

工作越来越多，生活越来越艰苦。想念家和家人这件事，对古丽雅说来已经成为某种神奇的、几乎是不可思议的事情了。这“家”在哪儿呢？在妈妈和小刺猬寄居在人家一间屋子里的乌发吗？在德国人占领着的基辅吗？还是在爸爸寄来充满挂念和不安的信的莫斯科呢？……

古丽雅从这个土窑走往另一个土窑，一路上想：“不，战争结束以前，我的家也许就在这儿——在土窑里，在卫生营里。我这儿的家人是丽达，是阿霞，是所有这些亲爱的人，和我一起在死亡边缘上共患难的人！”

女朋友

天气冷起来了。被雨洗过的黑色洼地和山冈上铺了一层霜，白皑皑的。

战争在暂时的沉静状态中。

天亮时候，古丽雅第一次侦察回来了。她这回侦察，是自己请求去的。回来以后，她在炉子旁边取过暖，喝过热茶（这一切是阿霞预先准备好的），就去睡觉了。阿霞用皮短大衣把她盖好。

古丽雅因为疲倦，因为温暖，觉得很舒服，伸着懒腰说：“小阿霞，完全不是想的那么可怕。只有在忽然听见什么声音的时候才觉得怕。你在地上爬，周围一个人也没有，忽然听到德国人像狗叫一样的说话声。这时候真不好受……虽然你知道不是自己一个人在侦察，旁边就是自己人——侦察兵，可还是觉得怕。”

古丽雅迷迷糊糊、不清不楚地讲她昨儿夜里的事情。

阿霞听着古丽雅的话，心里想：“为什么会这样呢？我们生活在一块儿，感觉到的都一样，可是我们就是这样的不同。我怎么也不会去侦察！不，上面派我当然去，可是不会自动要求去……只要想想吧——万一叫德国人给活捉了呢……”

古丽雅说：“你不在听啊，小阿霞！我倒使劲……好吧，既然这样，我可要睡了。”

她转过身去，脸对着土窖结冻了的土墙，一会儿工夫，阿霞就听到了她安静匀称的呼吸声。阿霞坐在她脚边，不敢动，怕把朋友吵醒。可是她这是白担心。古丽雅在敌人后方一天一夜，没闭上过眼睛，现在她可以舒舒服服、甜甜蜜蜜地睡个一天一夜了。

阿霞不时跑来看看古丽雅醒了没有，可是她像刚睡的时候那样躺着，脸对着墙，手枕在头下面。一直到第二天夜里她才睁开眼睛。

古丽雅伸着懒腰说："我睡了一会儿啦！至少有两个钟头了！阿霞，你在这儿？"

阿霞朝她弯下身来。

"睡够了吧？"

"嗯，睡得真够！可以一辈子不睡了。现在什么时候，白天还是黑夜？"

"黑夜了，小古丽雅。"

"什么黑夜？"

"平常的黑夜。"

古丽雅说："我一点儿也不懂。今天——仍旧是今天呢，还是已经第二天了？"

"差不多是第二天了，"阿霞笑起来，"你睡了一整天，差不多又睡了一整夜。天快亮啦。"

"为什么你不躺下呢？"

"不放心你呀……"

两个朋友在炉子旁边坐下来。古丽雅明白了，阿霞为她添了一夜的火，让晚饭在锅子里热着。

“你知道吗？”古丽雅一面说，一面用洋铁羹匙舀锅里的菜汤喝，“现在我觉得，这一切我好像都是梦里看见的。这草原啦，村庄啦，我们解决了的德国哨兵啦……”

阿霞说：“这些个东西，我最好是在书里念到，或者是在电影里看到。我怕身临其境，我跟你不一样。”

古丽雅笑起来：“你十足还是个小姑娘呐，阿霞。可是你干吗到前线来呢？”

“干吗？”阿霞问着就回过身去。

古丽雅放下了羹匙说：“你生气了吗？对不起，小阿霞。说实话，我不是存心要惹你生气。你生气了吗？”

阿霞看也不看古丽雅，回答说：“我想睡。你以为你睡够了，别人就用不着睡了是不是？”

她在小墙角上动手铺床。她翻了翻干草，把大衣铺在草上。

古丽雅说：“睡在板床上吧。”

阿霞一句话不回答，就躺了下来，转身用背对着古丽雅。古丽雅冲阿霞走过去，坐在她身边，亲她的头。

“别生气了，小阿霞。打仗的时候是不可以吵架的。你以后懊悔就晚了。”

阿霞看看古丽雅，忽然淌下眼泪来：“你自己知道我多么爱你！可是你要明白，我做不到你那样，不过我尽力做，我一切事情都要做。”

古丽雅说：“我的好阿霞，你是一切事情都做，什么事情都做。你做得很好……可是你知道，我还是要到司令部去谈谈，让你回家去。”

“不要！”阿霞嚷着说，“我不愿意！我要在这儿一直干到底。我要跟你们在一块儿。”

“阿霞，”古丽雅摸摸她润滑的黑头发，“阿霞，我看你已经很累很累了。这儿的生活那么苦。你以为我跟丽达不觉得苦吗？没说的了！不过我们比你结实……”

“我会习惯的，”阿霞说着，用大衣下摆把脚盖起来，“你就是别跟什么人去说，叫他们把我送回后方去。你听着，我不愿意！”

“那好吧，好吧！”

阿霞很快就睡着了，可是古丽雅用胳臂肘撑在不结实的自制小桌子上，还坐了好大一会儿，瞧着这个黑发的瘦姑娘，看她像孩子一样把身子蜷得像个线球似的。

她的身世古丽雅知道得并不多，她只知道她是明斯克附近来的，她的哥哥在另一个战线，好久没来信了，她的爸爸早已去世，妈妈跟妹妹在乌发附近一个什么集体农庄里，也好久没来信了。古丽雅知道的就这一些。可是她觉得这姑娘跟她多么亲近呐！她们好像是出生在同一个城市，在一块儿长大，一同进一个学校似的……

“不错，战争是一个好学校！”

在三岔路口

古丽雅已经被接纳为预备党员。这对于她，是一件重大又快活的事情。她把团长介绍她入党时给她的战时鉴定反复地念了许多遍。

“……青年团员古丽雅，以她勇敢的行为和英勇的气概，鼓舞战士们去立一个又一个新功。”古丽雅惊奇地想：“难道这写的是我吗？”

在这些日子里，她觉得自己一下子长大了，成为大人了，应该准备去迎接更艰苦的考验了。形势很紧急很严峻。我们的部队为了将来的进攻，为了决定性的战斗，正在牵制着敌人，准备着力量……

丽达刚给一部分新的伤员包扎好。她正在值班室里的洋铁洗手器底下洗手，古丽雅忽然在门口出现。

丽达问她：“你为什么不休息？你干了一整夜啦！”

古丽雅想着心事说：“你知道吗？刚叫我上司令部去过。”

“什么事？”

古丽雅脱下短皮袄，坐在小凳子上。

“怎么对你说好呢？……你记得伊里亚·穆罗梅茨那首壮士歌里有这样一段故事吗？伊里亚·穆罗梅茨勒马停在三岔路口，念白石上写的字：朝第一条路走——可以得到财宝，朝第二条路走——可以娶个媳妇，朝第三条路走呢……”古丽雅不说下去了。

“就要送命。”丽达想起来，可是不知道怎么的，她也没把这句话说出来。

古丽雅说："瞧，就是这样，我也站在三岔路口。他们提出一些工作任我选择：在师政治部当秘书，或者到莫斯科上军官学校学习去。"

丽达问她："那么第三种提出什么呢？第三条路是什么啊？"

"没提出别的了。可是问题在于这两种工作都不适合我。难道我能够安心地做秘书工作吗？你自己想想吧。上莫斯科去我也不愿意。我是说我很愿意，而且我没法告诉你，我如果能够再见到莫斯科，见到爸爸，我该多么的高兴……学习我也愿意。我的手多少时候没拿书本了。总之，你也知道，'莫斯科'这个字眼对我有多大的意义。可我不能离开这里呀。"

古丽雅在值班室里，从这头到那头，从那头到这头地走着，起劲地给丽达解释，说她怎样也离不开真正同她一块儿赴汤蹈火的人们，说她不能在他们团、他们全师就要投入最激烈的战斗的时候，回到后方去。

丽达一句话也没说，可是不由得想："这是说，走第三条路……"

她自己也怕这句话。

"唉，她为什么会突然想起那个伊里亚·穆罗梅茨来呢？"

丽达苦恼地摇摇头，为了制止这突然而来的不安，她改用快活的口气说："这么说来，你决定留下了？那好吧，我们就当你已经从莫斯科回来。晚上要是平静的话，我们来庆祝你的归来。我们开些罐头。请鲍洛特尼柯夫同志、托林同志一起来参加，咱们唱歌，好吗？"

"好吧。"古丽雅说，她的眼睛变快活，差不多是变顽皮了，"要知道，小丽达，天底下最难的事就是选择。一选择好，往后就轻松了。"

阿霞

古丽雅在炉子旁边烤火，把刚接到的信念了又念。一封是爱利克从前线寄来的，一封是家信。家信里充满挂念，充满各种可爱的、平和的消息：小刺猬把茶匙藏在什么人的毡靴里，把短靴浸在一桶水里，跟隔壁一个比他整整大两个月的孩子打架。

古丽雅把一张小相片放在手掌上看了很久。

“我的小刺猬，瞧他长得多大啦！他已经不是一个小娃娃，是个真正的小男儿了！”

她想象出乌发那铺满了雪的院子，想象出穿着毛茸茸皮大衣、用一只脚撑小雪橇的小刺猬。

爱利克只给她写了几行信。他显然是没工夫。他写来自己军邮的号数，答应只要又能够拿起铅笔和纸，很快就再写信来。

古丽雅明白这信里的每一个字、每一笔。如果她在前线先知道爱利克的地址，她也会写去一封跟这一模一样的信的。

值班室的小桌子上还放着一封信。信上写着阿霞的名字，这笔迹又像是小孩子写的，又像是老头儿写的。

这就是等了好久的信，它是从乌发一个集体农庄寄来的！阿霞快点来吧……

最后门开了。阿霞走进来，浑身落满了雪花。她用冷得发青的指头，好不容易松开了短袄的领子。

古丽雅说："快坐到炉子旁边来烤火吧……怎么样，你好吗？"

"好！"

"现在你还要好呐！"

古丽雅把那封小信搁在她的膝盖上。

阿霞低声说："我家来的！"

她动着嘴唇，摇着头，把这封信念了好久。

古丽雅问她："怎么样？"

阿霞换了一口气，回答古丽雅说："他们说现在个个都好。他们安顿下来了，生活过得不错……妹妹当会计，妈妈缝衣裳。她们接到哥哥一张明信片——他活着。"

阿霞把信贴在脸蛋上，笑了起来："嗨，我多么高兴啊！"

"你瞧，我不跟你说过了……"

丽达走进值班室，一看见两个朋友手里的信就问："姑娘们，今天没我的份吗？"

古丽雅回答她："你的明天来。我有这样的预感。"

"喂，小心点，明天得有信呐！要不然，我可要眼红你们了。瞧你们今天多快活啊！好吧，没我的信，你们给我讲讲你们的消息也好。"

三个姑娘于是坐在火炉旁边，把家信念了一遍又一遍。

天已经快黑了，一天好像就这样没有战斗、平平静静地过去了，可是没想到，什么地方忽然机关枪"咯咯"地响，自动枪"得得"地响。双方开火了。古丽雅和阿霞听到战号，就站起来穿上上衣，把医疗箱挂在肩膀上，走出土窑。

入夜以前，战斗停止了。

救护车沿着铺了霜变成白色的草原，绕过壕沟开来了。救护人员从车子里拉出担架。丽达穿着大衣，外面罩着护士服，跑去接伤员。她老远就听见古丽雅的声音：“当心点，当心点，不要震动！”

担架轻轻地摇动着，朝台阶抬过来。丽达习惯性地弯身瞧瞧伤员苍白的脸。

“阿霞！”

古丽雅一声不响，向她点点头。

“你看厉害吗？”

“嗯……”古丽雅抿着嘴唇回答她。

她们不再说话了。她们要做日常的工作——接伤员，包扎伤员。这时候，师的外科医生给阿霞动手术。不能够耽搁了——情形非常严重。

手术完了。阿霞一动不动地躺在床上。古丽雅和丽达一步也不走开，瞧着她一下子消瘦下去的脸，瞧着她闪亮的大眼睛。

阿霞舐着她的干嘴唇，费劲地说：“姑娘们，医生怎么说，我能活吗？”

古丽雅有把握、镇静地回答她：“当然能活！”

阿霞热情地瞧了她一眼。

“真的，真的，小阿霞，最危险的时期已经过了。你是我们当中一个多么能干的姑娘啊！医生说你是个女英雄呐。”

阿霞勉强动动嘴唇笑笑。

“不，我不是英雄……我只是一个能够忍耐的……”

“这就是真正的英雄品质！”

古丽雅看见她的睫毛轻轻地动，就向她弯下腰来。

“你说什么？小阿霞，你说什么？”

阿霞轻轻地、差不多没有声音地说：“我非常想活，跟你们在一块儿！我一向是跟你们在一块儿的呀！万一我死了……”

古丽雅打断她的话：“亲爱的，千万别这么想。静静地躺着吧，不要动。”

阿霞问她：“丽达呢？”

丽达不在床边。她忍不住，跑到门外去哭了。

古丽雅不慌不忙地说：“她拿药去了。”

阿霞轻轻地说：“叫她快回来。”

丽达的确很快就回来，可是阿霞已经看不见她了。

她尽说一些不清不楚的话，叫人拨拨炉子里的煤，叫出一些陌生人的名字，叫妈妈。后来她完全静下来了。古丽雅和丽达在她床前轮流值班，一直到天亮。大清早，她们在死了的阿霞身上蒙上一条被单，轻轻地走出来，走到外面寒冷的蓝色晨光里。

什么地方，大炮沉重地“隆隆”响着。又是一个新的战斗日子开始了。

“咱们的小阿霞就这样没有了……”丽达说着，用袖子擦泪水沾湿的脸蛋。

古丽雅很严厉，甚至生气地打断丽达的话：“怎么没有了？应当牢牢记住！记住一切——每一句话、每一个动作、每一声呻吟……她把生命献给了这土地，献给了我们，献给了生活……你反说她没有了！”

丽达惊奇地瞧瞧古丽雅。

她胆小地说：“这是事实。不过到底……”

“我也知道到底……”

古丽雅用两只手掌捂住眼睛，踏着“沙沙”响的雪，向土窑飞快地奔去。

喜上加喜

十月底刚下的雪，很快就化开了，已经到来的冬天，又变成了阴沉沉的秋天。

十月革命二十五周年纪念日的前夜到了。

夜里起了暴风雨。风好像发了狂。它把人刮倒，钻到人的骨头里去。古丽雅沿着车辙很多、高低不平的黑色地面，在漆黑当中回自己的连队去，和她一起走的，是受伤已经复原的卡德尔和同分队的另一个战士米嘉。

三个人一声不响地摸索着走，尽力轻点儿迈步子。头上下着雨，靴子底下和靴子里的水“嘎吱嘎吱”地响。

古丽雅觉得，这种黑暗和寒冷他们好像是永远摆脱不掉了，她只想紧紧地握一下同志的手，好重新感觉到生命的温暖，感觉到地面上还有生命。

她正这么想，卡德尔的大手在黑暗中摸到了她的手，有把握地把她朝右面什么地方拉。

卡德尔说：“跟我来，到了。”

古丽雅的脚碰到了在地下挖出来的踏级，就跟着卡德尔下去。米嘉走在后面。

卡德尔把门打开，小油灯的快活小火就像座小灯塔一样在他们眼前一闪。这里有一股温暖的人气。

三个人低着头，一个接一个走进土窑。土窑里的人已经睡了——有的睡在床上，有的睡在地上的干草上，都盖着短皮袄和大衣。只有一个小伙子没睡。他在炉子旁边忙着。

他拿开火上一壶开了的水，问他们："喂，怎么样？你们活着？"

卡德尔回答他："你自个儿瞧吧。"

"成功了吗？"

"还用说！"

古丽雅擦干身上的裙子，坐在长凳的边上，脱掉浸了水变重了的靴子。

"成功，还用说！"她再说一遍，轻轻地笑起来，"天亮你们去看吧！"

米嘉说："就放在德国人的鼻子跟前。正好放在壕沟前面。"

"好，坏蛋，明天可以打活靶了。"小伙子说着，给每人在杯子里倒茶。"弟兄们，来烤火吧！……现在出了多么不怕死的姑娘啊！"他又加上一句，一面从一堆饼干里挑出块白点儿的，递给古丽雅。

古丽雅在小炉子旁边烤衣服，烤了好大一会儿，热茶使身子暖和。然后她盖上大衣，在墙角打盹。可是她不想睡。天一亮，她就去看自己的成绩。

在离德国人战壕几米的地方，苏联国旗在打坏了的坦克上飘扬，给风刮得"呼啦啦"响。它的宽布幅飘出一道道柔软的波纹，颜色变来变去。它好像在那儿向敌人挑战，德国人显然也感觉到了。战壕里先爬出一个德国人，接着又爬出两个。

我们的狙击兵正等着他们出来。枪声“劈啪”一下，跟着又是一下。两个灰色人影立刻倒在湿地上了。第三个德国人趴在地上，很慢很慢地往后退，爬回自己的战壕里去。

在古丽雅身边忽然出现的米嘉说：“今儿可够咱们的狙击兵忙了！古丽雅，你回土窑去。司令部找你呐。”

古丽雅回到土窑，还没进门就听见长长的电话铃声。

联络员埋怨她说：“这是第三回叫你了。”

古丽雅拿起电话。

她听见营长库普良诺夫熟悉的声音：“中士古丽雅吗？我恭喜您喜上加喜。”

古丽雅问他：“上尉同志，谢谢……不过为什么说喜上加喜呢？”

“怎么不是呢！十月革命纪念节加上您的勋章啊！”

“什么勋章？”

“战斗红旗勋章。”

电话差点儿从古丽雅手里掉下来。

“您说的是实话？”

上尉笑起来：“说少先队员的实话！”

“我们当中还有谁得奖？全体吗？”

“哪儿会是全体！谁该得奖，谁就得奖。”

“难道我该得奖吗？”

“正是这么回事。”

电话里“咔嗒”一声，谈完了。古丽雅站在电话旁边，又兴奋，又心慌。

门开了，丽达走进土窑。

她担心地问："你怎么啦？出了什么事情吗？"

"没有……哦，是的！我得到了勋章！"

丽达扑过去抱住她。

她翻来覆去地说："我就知道会这样，我就知道会这样！"

古丽雅一面想一面说："可是我压根儿没想到。奇怪得很……"

"没什么奇怪的，"丽达生气了，"你背伤员背得少吗？你救人救得少吗？你去侦察过多少回啦？没人派你去，是你自愿去的……"

古丽雅说："现在我倒有这样的愿望，快点儿进攻吧！"

晚上，古丽雅和丽达被叫到库普良诺夫上尉的掩蔽部去。除掉指挥员们以外，这儿还有得勋章的战士。

木板桌子上和泥搁板上摆着各种食物——香肠、糖果、蜜饼。所有这些东西，都是从遥远的后方用小箱子和席包，赶在这一天送到这儿的。在洋铁大罐头里，是厚厚沉沉的黄蜜糖。这是巴什基里亚送给师的礼物，这个师就是在这片土地上编成的。

装满礼物的火车穿过前线的炮火，给大人们带来了快乐，带来了差不多是孩子般的快乐。掩蔽部里充满了一股家庭的、舒适的、香美的气氛。

有人说："过节的气氛。"

库普良诺夫把酒在玻璃杯和有柄杯子里分匀。跟古丽雅同时得勋章的卡德尔，庄严地举起了玻璃杯。

他回过身来对库普良诺夫说："上尉同志，请准许我说句话。"

"说吧，卡德尔，说吧。"

"我不知道怎么说才好……"卡德尔一面想一面说，"在我这样小的时候，"他用手比划了一个离地一俄尺[1]高的手势，"我听爸爸说过一句话。这话又是我爸爸听他爸爸说的。说是赶走拿破仑的时候，我们的高加索骑兵跟他们的司令一直追到巴黎（有这么座城市）。现在，我要为咱们这个师打到柏林而干杯！"

"有这么座城市！咱们要打到那里！"库普良诺夫说着，大家一齐拍起手来。

卡德尔这么轻松地一说，大家都快活起来了。酒不多，所以几乎每喝一口酒，都要来一个新的祝贺。他们为分散在远远的城市和乡村里的亲人举杯，为其他几条战线上的同志举杯，为他们生身的或者打仗经过的城市举杯。

炮兵团长托林轻轻地说："同志们！"

掩蔽部很吵闹，可是所有的人都听见他的话，回过身来。

"同志们！"托林重复一声，"昨天晚上我们听莫斯科广播。无线电把领导咱们走向胜利的人的声音传给我们了。斯大林同志说：'我们的凯旋日定会到来的。'既然是斯大林说的，那就一定会实现。咱们要为咱们的胜利，要为咱们的凯旋日干杯！为斯大林干杯！"

洋铁的和铝质的杯子一下子都动了起来，互相碰着。

---

① 一俄尺合 0.711 米。

有人提议："干了它！反正谁也说不出比托林更好的祝酒词了！"

"等一等，"古丽雅说，"大家哪怕剩下一口酒也好。不错，比咱们最后一个祝酒词更好的话，谁也想不出来了。所以我也不打算说什么。只是请大家沉默地、一声不响地为那些昨天还跟咱们在一起，而现在已经没有了的同志们喝完剩下的一点酒吧。"

丽达低声说："为了阿霞！"

"也为了她！"

掩蔽部静下来。可是静了没多久，同时发出的猛烈排炮声震动了空气。所有的机关枪、自动枪和步枪全向德国人的战壕射去。

库普良诺夫说："这是咱们庆祝未来胜利的礼炮！"

古丽雅回答他："不，那还要响！"

战斗命令

驻扎在斯大林格勒西北顿河河湾的某师部队，跟顿河所有的军队一块儿，等着进攻的命令。

在一个寒冷的十一月夜里，第一营的指挥员们和政治工作人员们聚在掩蔽部里。这一夜大家没合过眼。营长鲍洛特尼柯夫抽着烟斗，向同志们叙述斯大林格勒的情况。

他用惯于发布命令的人那种轻而清楚的声音说："嗐，那边可激烈呐！土地忍受不住了，全毁坏了。油船给炸坏，伏尔加河在燃烧。一切都塌下来——石头、水泥、铁。可是人，跟你我一样有血有肉的普通人——竟守住了！令人不可思议，他们竟守住了。"

鲍洛特尼柯夫把烟斗在拳头上敲了敲，沉默了一会儿，又说下去："咱们来说伏尔加河边的红十月工厂吧，现在它只剩一片废墟了。可是人——战士和厂里的工人，却守着每一块石头。他们守住十米的一段地带。周围所有的东西都在燃烧，大地在震动，可是人在守着。他们死守着。可以相信他们会守住的……瞧，同志们，"他停了停又说，"咱们怎样也不能让他们陷入困境。咱们没这种权利。"

掩蔽部里吹进一阵新鲜空气。门开了一点儿，古丽雅出现在门口。她刚用车子把伤员送走，带了邮件回到部队来。

她低着头走进掩蔽部，身上穿着白色的伪装服，上面披着短皮袄。古丽雅脱下无指皮手套，打开医疗箱。

有人问她："你想请我们吃东西吗？"

"我请你们吃的东西，谁也不会不要的！"古丽雅说着，从医疗箱里抽出一沓信，把它们分给各指挥员。

"深更半夜，这些信件您是哪儿弄来的？"

古丽雅笑着回答："这是军事秘密！我可以说一句：不是我写的。"

她瞧着大家快活的脸，心里想："我能够在战斗以前把这些信带来给他们，这多么好哇。"

所有的人凑到火旁边，差不多把火遮住了。各人读各人的信：有人皱起了眉头；有人微笑着摇摇头；有人心急地翻信纸，先看看信末，再回到上面去看。

古丽雅多么爱这中间的每一个人呐！她和他们一块儿受了多少苦，和他们一块儿出生入死过多少回了！现在他们看信。她觉得他们都是一些小孩子，正对着自己等了好久的礼物看个不厌。可是他们差不多都比她大多了。鲍洛特尼柯夫有些地方甚至使她想起爸爸，虽然他们两人完全不像。啊，亲爱的爸爸！他在莫斯科的家里，现在正在干什么呢？他每夜总是熬到深夜，说不定他现在还没睡吧……最好能够到西夫采夫－弗拉热克[①]去看他，跑上楼梯，出其不意地按他的门铃。

古丽雅清清楚楚地想象出来，因为她的意外出现，爸爸会是怎么一副惊奇和兴奋的神色。这脸瘦瘦的，虽然有点儿疲倦，可还是那么年轻。他摘下宽边眼镜，眯起点儿眼睛，紧张地瞧着她……

---

① 莫斯科的一个区。

可是现在妈妈在干什么呢？我亲爱的好妈妈呀！她在遥远的乌发那屋子里，大概坐在小灯照着的桌子旁边，用自己又细又密的笔迹在写信吧，妈妈还不时瞧瞧黑暗的墙角，小刺猬在那边躺在自己的小床上。

古丽雅好像又看到了妈妈灰白的头发和温暖的灰眼睛，听到了她老是着急的响亮声音……

门"砰"的一声又打开了。司令部来的联络员走进了掩蔽部。大家马上向他转过身来，把信很快地折起来藏好。

营长鲍洛特尼柯夫小心地拆开送来的文件，特别专注地念这张纸。

他严肃地说："同志们，命令来了：8 点 30 分……"

"进攻！"好几个声音跟他的话一块儿发出来。

鲍洛特尼柯夫点点头。

"开始了！"古丽雅想了想，忽然她替自己说："对不起，指挥员同志！我恳求您重视我的请求。准许我参加战斗吧……如果不能够给我一个分队，就做一个普通战士也好！"

鲍洛特尼柯夫盯住她瞧了瞧。

"待会儿瞧吧。"他说着，打发那通讯员走了，然后对指挥员们解释命令的意思。

他轻轻地，可是郑重地说："咱们需要拿下敌人的主要据点之一：五六·八高地。凭据着这座高地，咱们应该掩护各营在 12 点整以前，前进到通往潘欣村去的大路上……"

营长这样说。所有的人都明白，对于集中在顿河和伏尔加河间的我方军队，这个命令只是他们面前的重大任务的一部分。这个重大任务就是要包围敌人三十万军队，在敌人的包围圈外构成一个反包围圈，把敌人包围起来，消灭掉。全部命运——不但是斯大林格勒的命运、被敌人攻击的伏尔加河的命运，也是我们祖国的命运——完全决定在这一次进攻。

这一个伟大的、决定性的进攻开始了。在被围困和大受破坏的斯大林格勒城里，英雄们已经听到了从北方传去的我们的炮声。他们现在很快就要听到从西北方——从五六·八高地所在的地方传过去的炮声了……

鲍洛特尼柯夫摊开地图，开始向各分队指挥员详细解释他们各人的任务。

他问大家："怎么样，全明白了吗？"

大家说："明白了！"

"那么同志们，回各人的队伍去吧。把命令传达给每一个战士。"

指挥员们起来，一个一个出去。

天快亮了，掩蔽部里空了。

古丽雅穿上短皮袄，戴上皮帽，检查过自己的自动枪，跟库普良诺夫一块儿走出去。

第四高度

离进攻信号只有几分钟了。周围是烟雾弥漫、盖满了雪的山冈和洼地。在这儿前沿，差不多每一座小山小土岗子都有它的军事名称。前面可以看到一些山坡，这山冈就叫五六·八高地。左面可以看到人炮高地。这两个高地都被德国人占领着。

进攻信号人家虽然已经心急地等了很久，可是它一下子下来，倒叫大家觉得突然。附近什么地方“轰隆”一声，连地也震动起来，有一样东西带着刺耳的尖声，朝敌方飞去。

“‘卡秋莎’响了！”古丽雅想着，心快活地“扑通扑通”跳起来。“盼望很久的事情到了！”

我们的炮正好接着“卡秋莎”怒吼的歌声，也马上“轰隆”响起来。所谓“进攻前的炮火准备”开始了。炮声一直“轰隆”地响，在这接连不断、简直叫人受不了的震耳声响中，已经分不出每一次的排射来。天空里充满了飞机的“嗡嗡”声。这是我们的飞机去进攻德军阵地了。大地在不断的爆炸中震动着。

“斯大林格勒那边听得见我们吗？”古丽雅脑子里掠过这么一个念头，“不会听不见的。他们一定多么快活啊！”

忽然炮声中断了，人们冲锋了。我们各步兵分队在烟幕的掩护下向前进攻。一排排机关枪和自动枪很急地“嗒嗒”响着——有时候长些，有时候短些。

库普良诺夫一分队的战士们爬着，跃进着，向五六·八高地前进。

古丽雅跟库普良诺夫并排站在战壕里，瞧着远远的地方——瞧着被烟遮黑了的高地。烟慢慢地散开。等到最后的烟团都化开了，飘到清晨乳白色的大气里去了，古丽雅看见左翼，在高地东南方的斜坡上闪着一面红旗。

古丽雅兴高采烈地嚷起来："上尉同志！高地是咱们的了！"

库普良诺夫没拿开过眼睛上的望远镜，他朝远处已经看了好久。

他用激动得有点儿沙哑的声音说："是咱们的！第一连到达了……好家伙！"

正在这时候，一个联络员来到库普良诺夫身边。他来传达鲍洛特尼柯夫营长的命令，叫他们向高地，向第一连刚拿下的东南方斜坡前进，向前推进，并且用全力守住这一翼，一直守到援军到来。

古丽雅恳求库普良诺夫："我和您一起去，那边大概伤员不少！"

库普良诺夫回答她说："不行，你留在这儿。我们还是把他们送到这儿来好。"

"上尉同志！……"

库普良诺夫仔细瞧瞧古丽雅，同时心里在想。她那明朗坦白的眼光当中，现在充满了那么坚决、那么热烈、几乎是激动的表情，大尉不由得点了点头，说："好，去吧。"

过了一会儿，一支不大的队伍就向高地移动了。其中有米嘉，这回他拿着手提机关枪，还有卡德尔。

高地看着很近。可是在这条路上，走一步就等于走整整一公里。

古丽雅跟在库普良诺夫后面爬，艰难地前进。

可是离她很近，有一个战士叫了一声“哎呀”，就趴倒在地上了。古丽雅回过头来。受伤了吗？一点不错。于是她反手把医疗箱扔到背后，向伤员爬去。她从来没有在这样困难的情形下工作过，既不能够抬头，也不能够跪起来。

古丽雅趴在地上，撑着胳臂肘替伤员包好伤口，然后向前看：现在怎么办呢？队伍向前走了很远了。他们两人——她和受伤的战士还留在被炮弹打坏的田野中间。可不能够把他一个人丢在这儿啊！……古丽雅看见附近有一个废了的战壕，就把伤员往那儿拉去。先爬到那里，再去追赶自己人吧！爬到那里再去追赶！可是她一路上往战壕爬，又看见一个战士蜷着身子躺在地上。她把第一个伤员放进战壕以后，又向第二个伤员爬去。还是那件困难不好办的工作，还是那条在怒吼的炮弹下通到废弃的战壕去的漫长的路途。

直到防守高地的战士们做好了防御工事，守好了自己的山冈，古丽雅才来到高地，才来到掘出了壕沟的土岗子。

库普良诺夫远远看见她就嚷：“到底来了！”她从他的口气当中，听出来她活着他是多么的高兴，听出来他多么怪自己把她带来了。

他们说两句话的工夫也没有。在从大炮高地通往五六·八高地的狭窄洼地里，出现了德国人。他们一个挨着一个走。在白雪上，在一部分没有爆炸过的地面上，他们的黑影子看得清清楚楚。跟我们这一点儿人比起来，他们很多——有好几百人。

“反攻！”古丽雅明白了。

库普良诺夫挥了挥手，嚷着说："瞄准敌人——打！"

自动枪和机关枪马上响起来。德国人纷纷后退。接着一切静下来了。可是他们很快又在原来的洼地里出现。

他们又向高地冲锋了。

古丽雅一会儿包扎伤员，一会儿跟战士们并肩用自动枪打敌人。可是德国人不断地加强火力，一分钟比一分钟逼近高地。

这是什么意思？古丽雅一下子搁下自动枪，她看见有一群我们的战士，沿着旁边一个斜坡跑下去了。

古丽雅想了想："难道守不住了吗？他们在撤退吗？！"

她来不及弄清楚发生了什么事情，她还没理解到，就先感觉到了最重要的一点：德国人到了旁边，眼看要来占领高地了。她沿着交通沟跑出战壕，冲上去拦住战士们，热烈地、有信心地，甚至好像早就指挥惯了似的发命令，嚷着说："同志们，跟我来！"

大家停了脚。

"同志们，跟我来！"古丽雅再嚷了一声，接着就脚不着地，向前跑去。

她还没知道自己叫的那些人有没有跟上来，就飞也似的跑下斜坡。忽然她听见后面脚步声很重。一个端着步枪、身材高大的战士赶上了她，跟着是第二个、第三个……她跟他们一块儿冲进德国人已经占领了的壕沟。

在这同时，库普良诺夫的队伍打退了敌人的进攻。可是弹药快用完了。

库普良诺夫鼓励大家说："没关系，没关系，他们会送来的，不会这样不管咱们的！"

战士们相信他，可是他自己担心地东张西望。事情不妙，这样是守不久的，只有光荣牺牲这一条路了。

忽然在战壕的尽头，古丽雅从黑暗里钻出来，几个战士端着箱子跟着她。

她快活地嚷着说："上尉同志，援兵来了！我们把弹药拿来了！"

大家冲上前去拿子弹。现在谁也不问，这几箱贵重的东西是付出什么代价得来的。

机关枪和自动枪又清楚快活地响起来，德国人又滚下去了。

周围静了下来。库普良诺夫走到古丽雅面前。

他说："好姑娘，你真救了我们啦！所有这些东西，你是哪儿弄来的，啊？"

古丽雅于是急忙告诉上尉自己出击的情形，可是她忽然皱起了苦脸，咬住嘴唇不响了。

库普良诺夫担心地问她："你怎么啦？"

古丽雅看看他，轻轻地问："我说了你不赶我走吗？"

"还赶你到哪儿去呀！"

"我的腿擦伤了。"

"厉害吗？"

"够厉害的。"

于是就在战壕里面，古丽雅得到库普良诺夫的帮助，动手给自己包扎。

库普良诺夫心疼地摇摇头："唉，现在没地方可以送你去了！路上会被打死……"

古丽雅说："我哪儿也不要去，这点小伤对我来说算不了什么！"

他们休息了没多久，一样东西有力地打过来，在附近爆炸了。德国人向五六·八高地又开始进攻了。

天已经黑下来，可是争夺高地的战斗仍旧继续着。

库普良诺夫的部队跟营的联系早就断了。天还没黑，库普良诺夫就想跟鲍洛特尼柯夫联系。他在自己的战士当中，把最机警、最灵敏的卡德尔派到那边去。可是卡德尔大概没能够到达营部。等了好久的援军还不来。可是无论如何得挺下去，坚持下去呀……

古丽雅忘了自己的伤，不知疲倦地工作。她给伤员包扎，接着又拿起自动枪。周围"隆隆"地响——有时是长声的，有时是短促的。在这杂乱无章的声音和炮火当中，很难判断发生了什么事情。

古丽雅现在站在离机关枪手米嘉不远的地方。他的机关枪不停地"嗒嗒"响着。

古丽雅嚷着鼓励他："真棒，米嘉！就这样消灭他们这些恶鬼吧！"

米嘉一面开机关枪，一面嚷着回答了一声什么，可是听不出他的话来。

忽然，他的机关枪不响了。

"米嘉，你怎么啦？"

她放下自动枪，跑到米嘉身边，米嘉趴在那儿，头磕在机关枪上。

皮帽底下，血顺着脑门子往下流。古丽雅抓住自己的医疗箱，可是这已经用不着了。她小心地把米嘉沉重的头放倒在地上，亲了亲牺牲了的米嘉的脑门子，然后在他的机关枪旁边代替了他的位置。

德国人越来越近了。古丽雅准确地用机关枪火力截住那些从她旁边偷偷过来的敌人。德国鬼子一个个倒下去。可是机关枪子弹盘空了。她在身边摸了一阵，明白所有子弹都用完了，全部希望都放在手榴弹上了。

古丽雅从腰带底下拔出一颗手榴弹，抓得紧紧的……好，你们来吧，你们来吧！一眨眼工夫，她觉着左手麻木了，沉重了，它好像不是自己的，袖口上满是火热的、黏性的东西。头晕起来……

“只要不倒下来就好！”

古丽雅咬紧牙关，把手榴弹柄抓得更紧，等德国人一走近，她就把它一扔。好极了！……准得很！……

古丽雅拔出第二颗，也是最后一颗手榴弹。这一颗已经不能扔出去——得把它给自己留下，免得被敌人活捉。

十一月的晚上，迷雾从四面八方包围着高地。德国人的身子跟这雾几乎混了起来，在灰色当中显出一个个黑影子，它们越来越近了……

忽然之间，就在旁边什么地方，黑暗里有人说话。俄国话！自己人！……敌人放的火箭一晃，它的白光照亮了一整排红军。

“援军！”古丽雅明白了。

对，这些是援军。战士们排除一切困难向高地前进，把弹药送来了。可是到这儿来的并没有他们的指挥员。指挥员被德国人的炮弹片打中，阵亡了。

古丽雅突然兴奋起来。她又热，又快活。她忘记了痛，忘记了疲倦，忘记了恐怖——忘记了世界上的一切东西。

“同志们！”她嚷起来，好像从远处听到了自己又有力又响亮的声音，“为了斯大林，为了祖国！前进！”

“为了斯大林，为了祖国！”喑哑的男子声音“嗡嗡”地接上去，高地上所有活着的人都往下冲——迎着已经占领了第一排战壕的德国人冲下去。

德国人连后退也来不及，他们就这样永远待在这些战壕里了。

五六·八高地拿下了，抢到手了，用血换来了——它是古丽雅生命中的最后一个高度。

两封信

一座三层的白房子，在它里面一间屋子里，小刺猬正一门心思地在颠倒的椅子和扔得乱七八糟的积木中间忙着。所有能够翻的东西，他都已经翻过来了，现在他正打算把碟子从窗台上扔下来。他的外婆刚到外面前厅去给谁开门，小刺猬决定不错过这个外婆不在的好机会，这一点他做到了。碟子飞到地板上，跌了个粉碎。小刺猬害怕得跳开去。他惊奇地瞧着碎片，怎样也弄不明白，一只大碟子怎么会变成这许多小碟子的。

小刺猬往前厅瞧了瞧。

他嚷着说：“外婆！你瞧！”

年轻的外婆一面仔细地看信，一面对他说：“等一等，小刺猬！”

她看到了信封上陌生的笔迹和军邮邮戳。

“好，到底来了！”

这自然是她那封信的回信啰。

两个月以前，她瞒着古丽雅写信给师长，请求给她女儿一个假期，就是几天也好。

“难道不准吗？不会的……”

她拆开信封。

信上写道：“……在这些战斗当中，您的女儿表现得非常英勇。她是一个能干的姑娘，她是咱们祖国无畏的、光荣的女儿。我们可以看到她抱伤员，可以看到她带领战士进攻，也可以看到她赶送公文。十一月二十四日，您的女儿英勇牺牲了……”

信像活的一样，在妈妈的手里哆嗦，字母一个个都模糊了，在她的眼前缭乱，她不明白这几行字是什么意思……

“外婆！”小刺猬又叫了，他从地板上把信封捡起来。

“等一等，小刺猬。”她说着走进屋子，倒在床上，她还是不明白信里的意思，不相信它，不能相信它呀。

安静下来的小刺猬好奇地瞧着她。

第二天前线又来了一封信——这是丽达写来的。

您好，亲爱的古丽雅的妈妈：

一个跟您的古丽雅很要好的女孩子，现在写给您这封信。我一直想写信给您，安慰您，虽然我也知道，失掉了像亲爱的古丽雅这样的好女儿，是一个很大很大的痛苦。唉，没关系，亲爱的伯母，您坚强起来吧，要知道古丽雅根本没离开我们，她永远跟我们在一起。祖国不会忘记自己的英雄的。而您，养育了这样一个尽忠祖国的女儿，养育了这样一个光荣战士的母亲，许多姑娘——爱咱们国家的人——都要叫您母亲的……

我跟古丽雅在一块儿很久，特别是最近的三个月。我比她年轻一点，她对我总是那么关心，常常劝告我，如果我做成了什么事，她就高兴，叫我‘好姑娘’。我和她一块儿在卫生营工作，一块儿经历过各种九死一生的困难，我们一块儿唱歌，一块儿说笑。打仗的时候，我们虽然到各人自己的地段去，可是进攻过后，我们这两个浑身灰尘、累得要命的人碰到了，就紧抱着亲吻，接着又是没完的谈笑。

她总是那么快活，我只看见她哭过一次。她非常想念她的小刺猬，尤其是在看到了您的信以后。她常常想起您，想起她父亲，她总是这样轻轻地、有点儿难过地讲到你们。

我和她最后一次见面，是在进攻的前几天。那一天我过十八岁生日，可是主要的，是我得到了政府的奖赏，得到了一枚奖章。我们还有客人，大家非常快活地过了这一个晚上。大家走了以后，我和她两个人留下来。我们知道很快就要进攻了，这是说——什么都可能碰到的……情绪于是有点儿不安。我们把脚搁在床上，互相挨着，这样坐了很久很久。我们谈得很认真。我们谈到了一切——谈生活，谈爱情，谈同志，谈亲人。凡是两个女朋友能够谈的，我和她都谈了。最后我们约定，如果我们当中有人战死了，就写信到哪儿去，信上写些什么，结果事情竟会这样：不是古丽雅，而是要我来写这样的信。

我记得，我和她深夜才从土窖里出来。那时候多好哇！周围一切东西蒙着霜，样样都是白的！夜很冷，天上满是星星，不知道为什么，这一天特别静，甚至没有听见双方的枪声，好像没有战争一样。古丽雅对我说：“生活到底多么好哇，多么美丽呀！……该死的法西斯强盗！”

这好像是我们最后的一次谈话了。后来就准备作战，接着就进攻了。像往常那样，我们被分派到不同的地段去工作，以后我就再也没看见她。有一天夜里她来看我，我不在。她从记事本子上撕下一张小纸，在上面只留下了几句问候的话。很小的纸，有小格子的，边上有很淡的一些血印子，这是包扎伤员的手给印上去的。

第二天晚上，我好像做梦一样，听到古丽雅死了。他们把我从阵地上撤回来，我由于痛苦，由于这重大的痛苦，简直不知道怎样才好，连腿也撑不住了：我一直往下沉，一直跪倒下来。和古丽雅同时牺牲的，还有多少我们的同志啊，他们都年轻、可爱，简直是难以形容！这个巨大的胜利使我们付出多大的代价呀。

最可惜的是我们的古丽雅和炮兵团长托林。他是一个非常出色的人！古丽雅跟他很好，他们一块儿唱得真好。我们把他们葬在一块儿了。

好了，话好像说完了。不，不，还没完！小刺猬没有了妈妈，可是他将是我们全师的儿子。我们大家只要活着，都会关心他的。我非常想安慰您，帮助您，亲人呐，要知道我也有妈妈，我知道我在她看来是多么的宝贵。所有做妈妈的都是一样的。生活当中，还有什么事情比失去孩子更痛心呢？要知道这是战争啊，牺牲是免不掉的。可是希特勒——他要全数偿还咱们的血债。我们现在把德国人打得大败。他们头也不回地逃走了，可是，这还不过是开头。

请您替我亲亲小刺猬，让他成为一个结实健康的孩子吧，让他为了自己的妈妈自豪吧，她是一个真正的女英雄。

就是您只写几个字回复我，我也将非常高兴。亲您。致共产党员的敬礼！

丽达

请保重自己吧，亲人，小刺猬和我们大家都需要您。

最后的路程

近卫团在顿河岸边，在靠近潘欣村的农庄里，安葬了自己的两位英雄——古丽雅和托林。

两口棺材停在师俱乐部的台上。

屋子里很挤。战士和指挥员们直接从前线到这儿来跟自己亲爱的同志告别。这儿有鲍洛特尼柯夫、库普良诺夫、卡德尔……丽达站在棺材头旁边，不转眼地瞧着古丽雅和托林两张不动的、安详的脸。她小心地理好古丽雅脸上黏着的一绺头发，拿开落在托林脑门子上的一根有刺的小树枝。

团的乐队在窗子下面，突然打破了沉静，奏起乐来了。送殡曲的庄严悲伤的声音闯进了并且充满了整间屋子。丽达闭上眼睛，等到她把眼睛张开，她好像在迷雾当中看见棺材从台上搬下来，在同志们的手上，慢慢儿地向门口飘去。

这儿有两个掘开的墓穴。

从这里，可以清清楚楚地看见顿河西岸，就是古丽雅在黑暗的秋夜里运送伤员的地方。可是那边岸上，现在被敌人占领了，笼罩着青灰色的雾幕。

农场南面，在五六·八高地过去的地方，还"隆隆"地在打仗。战火把天空映得通红，沉重的炮声在寒冷的新鲜空气里"嗡嗡"地回响。

朋友们把两口简单的、素白的棺材小心地放在地上。

一个头发花白、样子严厉的人——师炮兵主任走上前来，用眼睛慢慢地把所有的人看了一遍。

“同志们！”他说，“在我们面前，这儿躺着的是托林，或者照咱们平常的叫法：小托林。炮兵团长托林英勇地阵亡了。”

所有的眼睛转到他那张清秀的、年轻的脸上，转到他那双不久以前还是那么有力、那么能干的熟悉的手上。

主任继续讲托林，一个杰出的指挥员，一个精通业务、无可非难的同志。

“永别了，小托林！”他说，“你有过真诚、坦白、美好的生，你也有真诚、坦白、美好的死。”

他沉默了一会儿，接着把眼睛转到另一口棺材上。

大家的头向古丽雅转过去。

风微微地吹起她一绺头发，淡淡的头发影子在她温柔的脸上掠过，使得她严峻和静止的脸稍微有了一点儿生气。

主任说：“谁会想到，在这个青年女人，差不多还是个女孩子的身上，竟藏着这种吓坏敌人的力量、爱和恨的力量、真正伟大的英雄主义呢？同志们，古丽雅从战场上运走了一百个以上的受伤战士和指挥员，在五六・八高地上，她还和战士们一同冲锋，占领了德国人的战壕！为了争夺这座染红了血的高地，在困难的时候，她曾经唤起了一排没有了指挥员的战士，带领他们去进攻……这就是那位美丽、年轻、咱们大家都敬爱的姑娘……同志们，咱们要为咱们的朋友，为托林和古丽雅向敌人报仇啊！”

棺材盖盖起来了。战旗庄重地垂低，垂在英雄们的身上。古丽雅生前热爱的这些人——她的战友们都低下了光着的头，肃静地站着。六门大炮组成的炮垒，排在坟墓旁边，炮口对着敌方。

命令下来了："向祖国的敌人——开炮！"

告别的礼炮"隆"的响了一声。炮身跟着往后缩了缩。命令又来了："一齐放——开炮！"

大炮开了十次，十次炮弹都带着"嘶嘶"的尖声，一直向敌人的阵地飞去。

金发姑娘

过了半年。

曾经进行过历史上空前的战斗的地方，现在它静下来了。这大地在战时曾经随着每次齐射发出回声，“嗡嗡”响和震动，好像自己在受苦一样，现在它安定下来了。

春天到啦。展开在伏尔加河和顿河间、上面掘出了壕沟的一片草原，现在蒙上了矮矮的青草。眼睛随便望到哪里，都可以看见打坏的卡车，卷曲的飞机翼，翻了身、烧得一塌糊涂的汽车。

顿河岸上一个幽静的小农庄旁边，竖着一个碑。碑顶上有一颗金星闪着光。人们走近这个纪念碑，总要仔细念一下碑文。可是即使没有这些字，他们也知道谁躺在这碑底下。

为了保卫好每一寸土地而斗争的师，已经离开这个地方走远了。可是为了保卫这块土地而死的古丽雅和所有的英雄，他们的光荣没有离开这里。

这是春天里一个温暖的傍晚。乌克兰人霍马中士被战士们和村民们包围着，他抽着板烟，不慌不忙地讲：“在这儿友邻师里有一个金发姑娘，她什么也不怕。有一回德国人看到我们的部队出击了。前面走着一个浑身着火的姑娘。她向德国人的战壕冲去，自己却没有被烧坏。她占领了战壕，继续走。这个姑娘的名字或者是古丽雅，或者是古比雅，也许是古里阿。”

黑暗当中，有一个女人用激动的声音问："怎么样，是您自己看见的吗？"

"我自己没看见，可是从别人那儿听说过。大家都这样讲她。"

霍马停了停，抽了口烟，接着不慌不忙、着重地加上几句："这姑娘唱得也好。德国人一听见她唱起《人民的父亲，亲爱的斯大林》，马上就开枪想打掉这个声音。可是这歌整个前线都在唱，怎么能消灭它呢？"

霍马抽完了烟，站起来走了。他这时候一点儿没想到，那个不安地问他"金发姑娘"的女人，就是她的妈妈；他也没想到，她到这地方来就是要看看认识古丽雅的人，就是要听听关于她的话，就算听到一个字也好……

克里姆林宫上空的火

一个晚上，小刺猬跟外婆从乌发来到了莫斯科。

在莫斯科河边一座窗户很多的高房子里，两岁的男孩子走进一间大屋子。

他慌张地东张西望，看看用电梯装上来的箱子和篮子，说："外婆，咱们还是回家好！"

"这就是咱们的家了，小刺猬。现在我给你铺床，让你睡觉。"

小刺猬走到窗口，拉了拉窗帘。

开电梯的女人说："小朋友，不可以。"

小刺猬问她："为什么不可以？"

"我们莫斯科在灯火管制！"

"哦。"小刺猬说，好像明白了。

这时候，无线电讲起话来："同志们！今天晚上8点钟，我们要广播一个重要的消息，请大家按时收听！"

开电梯的女人说："这好像是特别为你们广播的！我们很快就要给你们这个小朋友看焰火了。"

屋子里的灯灭了，窗帘拉开了。窗外大炮齐放，"轰隆"一声，接着天空中爆出一串串红的、绿的、黄的火花。一下子什么东西都看到了——克里姆林宫的玻璃反映着五颜六色的火光，牙齿形的宫墙照得通亮，钟塔上大钟的指针闪着金光，下面莫斯科河的河水闪闪发亮。

大炮又响了。

“嘭！”小刺猬说着笑起来。

焰火落到被火映得五颜六色的水里去。

小刺猬好像着了迷似的瞧着窗外，直到最后的火光熄灭为止。

“小刺猬，现在睡吧。”

他躺在床上央求说：“外婆，再‘嘭’！”

“明天要‘嘭’的。现在睡吧。”

小刺猬把头枕在枕头上。

“外婆，你讲吧。”

“讲什么？”

“讲古丽雅妈妈。”小刺猬说着，就翻来覆去，用头揉着枕头。

“好的，小刺猬，你听着。古丽雅妈妈就住在这座房子里，就住在这间屋子里。她那时候还小，跟你一样大。”

“我呢？”小刺猬一面问一面坐起来，“我那时候在哪儿啊？”

“你那时候还没有呐。”

小刺猬惊奇地瞧着外婆。他还没有，这怎么行？完全没有吗？

“我也有！”小刺猬生气了。

“好吧，有。不过你要把眼睛闭起来。”

小刺猬躺下了，可是又坐起来。

“外婆，让我看看小火吧！”

“现在没有了。”

他指指窗帘：“拉开它吧。”

“不可以的，孩子。”

小刺猬瞧着窗子不相信。他觉得只要把窗帘拉开，黑暗的天空又会闪起火光来，玻璃又会给大炮震得“乒乓”地响的。

在他的想象当中，古丽雅妈妈的光辉肖像，跟窗外克里姆林宫牙齿形宫墙上五彩缤纷的火，已经联结起来了。